一生必讀的50本日本文學名著②

# 魅惑青春篇

陳銘磻 著

# 瀨石山房

序||

## 拜啟，日本文學家

陳銘磻

中學時期，寫作如酷刑，師長要求強記報紙社論，背誦之乎者也，制約作文；無如掉入流俗八股，驚覺筆墨空疏，了無生機，在書寫焦土奔馳，感到心都凝縮在一起。

幸好當代盛行存在主義，少讀駁雜經義，我得有機會客居夏陽輝映，天空青碧一色，霧靄流動，百草萌發，溪水清澄，人跡罕

漱石山房

至的尖石部落教書；眼前一派廣闊山脈，便沉浸在芒草穗子隨風搖曳的岩上讀尼采和齊克果、川端康成和芥川龍之介，痴迷感動的躍進西洋和東洋文學的豐饒世界，邂逅幽玄，靈魂受震撼，囂塵的心猶能獲得救贖。

閱讀寫實、魅惑的東洋名著，感受作家精湛的文學典範，不由走上寫作這條路，更是經過自覺鍛鍊的後果；一種諦念在心中紮了根，嫻習成日後勤謹創作的重要支助。

眩目引介名家名著，忝作序言。

▲ 借夏目漱石以鋼筆、毛筆手繪「漱石山房」專用稿紙作序。

▲ 東京都新宿「夏目漱石記念館」（漱石山房）道草庵

▲ 三重縣伊賀上野「松尾芭蕉舊居記念館」

▲ 京都府宇治「源氏物語博物館」

▲ 靜岡縣伊豆湯ヶ島「伊豆近代文學博物館」

▲ 兵庫縣姬路「姬路文學館」

▲ 神奈川縣橫濱「鎌倉文學館」

▲ 大阪府八戸ノ里「司馬遼太郎記念館」

▲ 大阪府茨木「川端康成文學館」

▲ 神奈川縣橫濱「神奈川近代文學館」

▲ 京都車站大樓劇場區「手塚治虫世界」

▲ 廣島縣尾道港町「尾道文學館」

▲ 新潟縣越後湯澤「雪國館」

01

現存最早的日本詩歌總集

# 萬葉集・大伴家持

仰望芽月可見；如曾一睹伊人眉，牽動思念。

編撰・大伴家持

西元七一八年出生高岡京（富山縣高岡市）的大伴家持，奈良時代政治家、歌人，出身貴族，歷任少納言、越中守、兵部少輔、持節征東將軍等。浮沉官場多年，成就不大，卻在文壇享有盛名，留下長歌、短歌、旋頭歌、漢詩等，達四百餘首，曾參與編撰日本文學史占有重要地位的《萬葉集》。

桓武天皇延曆四年（西元七八五），大伴家持因病去世，時年六十八；因遭涉嫌參與謀殺藤原繼種的政爭，牽連兒子大伴永主等人惹上劫禍，被判流刑，直到平城天皇大同元年（西元八〇六）始獲平反。

▲ 高岡市勝興寺前大伴家持雕像

▲ 富山縣高岡車站前大伴家持雕像

**文學地景：**

**奈良：**萬葉文化館、鏡神社、新藥師寺、奈良飛鳥。

**富山：**設有與大伴家持相關的展覽館、神社、塑像，紀念大伴在此擔任越中守。

生前留下的作品繁多，《萬葉集》四千五百多首長短歌，收錄他的長歌四十六首、短歌四三二首、旋頭歌一首、漢詩一首。最早的〈初月歌〉寫於聖武天皇天平五年（西元七三三），主要歌作：〈喻族歌〉、〈賀陸奧國出金詔書歌〉、〈雲歌〉、〈大白鷹歌〉、〈為防人情陳思作歌〉、〈二十三日依興作歌〉、〈二十五日詠鶬鶊歌〉等。

中國學者謝六逸認為大伴家持與《萬葉集》之間的關係密切，說道：「釋契沖著《萬葉集代匠記》，謂此集成於大伴家持之手，為學者所公認。家持自幼時起，曾把見聞的歌記了下來，迄天平寶字三年，依時代次序排列。自此以後，便未依順序。」

大伴之後，《萬葉集》由他人陸續補充；他的和歌，是成熟的文學藝術，參與《萬葉集》編纂，收錄不少詩歌、民謠，為日本文學留下璀璨一頁。

## 關於《萬葉集》

現存最早的日本詩歌總集《萬葉集》，收錄四世紀到八世紀宮廷關係之歌、旅詠、戀詠、風物之歌，甚至謳歌大自然的作品，總計二十卷，四千五百多首長歌、短歌、旋頭歌，按內容分為雜歌、相聞歌、輓歌、寄物陳思、正述心緒、詠物歌、譬喻歌等。歌人上至天皇貴族官僚，下至平民，涵蓋年代長達四百五十年之久，範圍地域極廣，依歌風變遷，大致分為四期：

**第一期：舒明天皇壬申之亂期間。**

**第二期：遷都之後，**天武、持統天皇的二十年間，文學意識高漲，宮廷歌人活躍。

**第三期：聖武天皇天平年間中期，**歌詠私人情感，優秀抒情歌個性化的作者上場。

**第四期：奈良時代中期，**相互贈答的相聞歌（戀歌）最多，盛行以短歌型態歌詠日常生活。歌風優美、理智、技巧性，趨近平安時期的古今歌風，是萬葉的濫熟頹廢期。代表人物大伴家持優美感傷佳作多，晚年更加細膩。

書採漢字書寫，部分用來表意，部分表音，有時表意也表音；儘管在《萬葉集》之前，已有人用漢字表音，如《古事記》等，但《萬葉集》使用情況更為複雜，甚至超出實際用途。

《萬葉集》收錄的歌謠有：額田王、舒明天皇、天智天皇、有間皇子、鏡王女、天武天皇、持統天皇、大津皇子、大伯皇女、志貴皇子、柿本人麻呂、高市黑人、山部赤人、山上憶良、大伴旅人、大伴家持等著名歌人之作。編纂此書的主要人物為大伴家持。據《大日本史》大伴家持傳云：「家持善和歌，撰萬葉集二十卷。上自雄略，下迄廢帝朝，所收凡四千餘首，蒐羅該博，足以觀民風。先是篇詠未有成書，後世言和歌者，取為模範焉。萬葉集撰人，諸說紛紜，無所適從。今考本集，且據拾芥抄所載藤原定家說，定為家持所傳。」

「萬葉集」三字由來，有兩種說法：一，「葉」為「世」之意，以「萬葉」指「萬世」，有收集萬世歌謠之意；二，「葉」取「言葉」之意。萬葉集，為

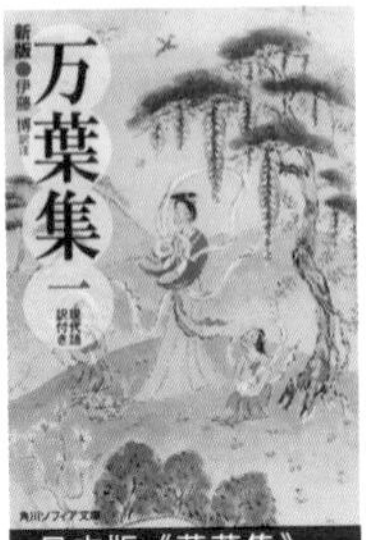

日文版《萬葉集》

日文版《萬葉集》

**中文譯本：**

・《萬葉集》，趙樂甡/譯，二〇〇九年一月，譯林出版。

許多語句之喻，即指把許多和歌編撰而成的集子。《古今集》序云：「和歌乃人心中萬種言葉（言語）之句。」亦指如內心深處的行文一般。中國古籍《淮南子》有云：「千枝萬葉」，以「萬葉」謂木葉之繁，其例常見。《萬葉集》編纂之前已有《類聚歌林》存世，命名者或有「歌林萬葉」之喻，萬葉即為歌林之萬葉，意即許多歌也。欲集歌林之萬葉，故曰「萬葉集」。

《萬葉集》二十卷的內容，主要為：卷一：雜歌。卷二：相聞歌、輓歌。卷三：雜歌、譬喻歌、輓歌。卷四：相聞歌。卷五：雜歌。卷六：雜歌。卷七：雜歌、譬喻歌、輓歌。卷八：春雜歌、夏相聞、秋相聞、冬雜歌。卷九：雜歌、相聞歌、輓歌。卷十：春雜歌、秋相聞、冬雜歌。卷十一：古今相聞往來歌類之上。卷十二：古今相聞往來歌類之下。卷十三：雜歌、相聞歌、問答、

日文版《百人一首》

**延伸閱讀：**

・《百人一首》：鎌倉時代，歌人藤原定家私撰的和歌集，他挑選直至《新古今和歌集》時期百位歌人各一首作品，彙編成集，因而得名。詩集又稱《小倉百人一首》。

譬喻、輓歌。卷十四：東歌。卷十五：遣新羅使歌、中臣宅守與狹野弟上娘子贈答歌。卷十六：有由緣歌、雜歌。卷十七：雜歌、大伴家持作歌。卷十八：雜歌、大伴家持作歌。卷十九：孝謙朝作雜歌、大伴家持作歌。卷二十：防人歌、大伴家持錄歌。

閱讀《萬葉集》，不僅認識日本詩歌演進，尚能感受總集文字，呈現華美與深度的不朽之作。

**經典名句**

- 欲召吾友至，共賞此梅花，大雪紛紛降，梅花且被遮。
- 春風吹起後，四出有聲音，今日無消息，憑君自在心。
- 紫陽花重重開，少年萬載不敗。
- 芳顏一睹匆匆別，仰望長空情切切，畫眉猶記如新月。

02

王朝文學三才媛

# 和泉式部日記・和泉式部

睹物思情，池邊流螢飛舞，當是我，離恨愁魂。

作者・和泉式部

西元九七八年出生的和泉式部，出身平安時代書香世家，歿年不詳，平安中期著名的歌人，中古三十六歌仙、女房三十六歌仙，與《枕草子》作者清少納言、《源氏物語》作者紫式部，並稱平安時代「王朝文學三才媛」，長於和歌。

和泉式部本姓大江氏，名不可考，是越前守大江雅緻之女，母親是越中守平保衡之女。一說幼時乳名「御許丸」，在當代太皇太后宮裡，以童女身分侍奉昌子內親王。婚姻受父母主宰，嫁給不喜歡的官員橘道貞，結成夫婦；九九九年，丈夫出任和泉守，追隨入宮，稱和泉式部，育有一女。後來，巧遇風流倜儻的為尊親王，墜入愛河，丈夫察覺後憤然離去，父親也跟她斷絕關係。

婚姻失意，她到京都貴船神社祈求夫君回心轉意，據稱，沒隔多久，丈夫果然轉意回到身邊，貴船神社的「結緣之神」因而得名。

位於京都中京區新京極通的誠心院，初代住持傳說為和泉式部，法名誠心院專意法尼；坟墓葬寺院內，每年三月二十一日舉行忌日法事。貪喜愛戀的和泉式部，因為情愛纏身，讓她留下膾炙人口的《和泉式部日記》。

日文版《和泉式部日記》

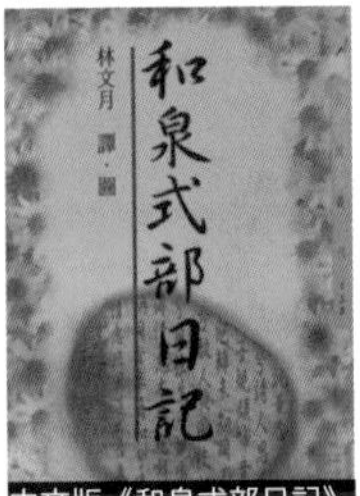

中文版《和泉式部日記》

**中文譯本：**

- 《和泉式部日記》，林文月/譯，一九九七年，三民書局出版。
- 《和泉式部日記》，王國欽/譯，二〇一八年四月，白象文化出版。

日文版《竹取物語》

**延伸閱讀：**

- 《竹取物語》：江國香織/文，新潮社出版。

敘述伐竹老人在竹林撿到女嬰，帶回養育，取名赫奕姬。赫奕姬經三個月長成亭亭玉立。五名貴族子弟求婚，她答應嫁給能尋找到寶物的人，結果失敗。天皇憑藉權勢意欲強娶，也遭拒絕。最後，赫奕姬在茫無所措的凡夫俗子面前升天而去。

▲ 京都貴船神社鳥居雪景

**文學地景：**

**京都：**京都中京區新京極通誠心院、新京極通和泉式部墳墓、京都貴船神社。

**大阪堺市：**和泉式部舊居跡。

▲ 京都河原町新京極通誓願寺

▲ 貴船神社雪景

▲ 貴船神社一景

## 關於《和泉式部日記》

《和泉式部日記》又稱《和泉式部物語》，平安時代作家和泉式部的日記文學，記述和泉式部在情人為尊親王去世後，轉而與敦道親王相戀的情愛，文體綴入短歌及贈答歌，是日本文學史重要作品之一。

這本日記文學成書約在寬弘五年（西元一〇〇八），記述夫君橘道貞因公職緣故與她分居，和泉式部轉而跟年紀相近的冷泉天皇三皇子為尊親王相戀；一〇〇二年，為尊親王去世，維持一兩年的戀情暫告段落，丈夫橘道貞憤然離去，父親大江雅緻也跟和泉式部斷絕父女關係，受盡世人指責，孤獨過活的和泉式部形成多愁善感的性格。

一〇〇三年四月，和泉式部在悼念為尊親王期間，結識年紀小她兩三歲的為尊親王之弟敦道親王，並收到敦道親王的情書，親王正妃氣憤難耐，出走他方。二人隨後相戀，直到一〇〇七年敦道親王去世。

本書記述作者與敦道親王的戀愛生活，為日本女流文學重要作品。紫式部評：「觀其寫給對方的詩文，倒是充分流露其人才華，即使隨興所至的遣詞用字，頗有可賞者。」又說：「通觀其作品，於隨意談說種種之際，總有一些引人注目之處」。

和泉式部的和歌作品，收入家集《和泉式部正集》、《和泉式部續集》、選集《宸翰本和泉式部集》和《松井本和泉式部集》。其錄入各敕撰和歌集的作品計有二四六首，也是《後拾遺和歌集》收錄和歌最多的歌人。

其中一首收入《小倉百人一首》：

病榻沉沉與日增　芳魂欲斷我傷情　今世來生長相憶　猶望伊人再一逢。

（あらざらむ　この世の外の　思ひでに　今一たびの　逢ふこともがな）

**經典名句**

- 人以身，投入愛情，如同飛蛾，撲向火中，卻甘願不知。
- 若憶故人情，莫去尋花叢，聞得杜鵑啼，其聲可相同？
- 白浪流，流藻隨波動。不為多動，非我本意。
- 本思已忘懷，徒留我身，莫非君之遺？

03

俳聖的經典名作

# 芭蕉百句・松尾芭蕉

與君之別，蛤蚌分離，我行遲遲秋亦逝。

作者・松尾芭蕉

一六四四年出生三重縣伊賀上野，身家低階武士的松尾芭蕉。幼名金作、半七、藤七郎、忠右衛門，後改名甚七郎、宗房，俳號宗房、桃青、芭蕉。蕉門弟子在編著中，敬稱芭蕉翁或翁；別號釣月軒、泊船堂、天天軒、坐興庵、栩栩齋、華桃園、風羅坊和芭蕉洞等。

芭蕉十三歲喪父，進入藤堂家，隨侍新七郎嗣子良忠，良忠比芭蕉長兩歲，平日學習俳諧，號蟬吟，師事貞門俳人北村季吟，芭蕉跟隨良忠學習俳諧；作為蟬吟的使者，芭蕉數度前赴京都拜訪季吟，深得寵愛。一六六六年春，蟬吟

▲ 伊賀上野松尾芭蕉舊居

**文學地景:**

**伊賀上野:**芭蕉出生地、舊居、芭蕉翁記念館、俳聖殿、忍者博物館。

▲ 松尾芭蕉舊居內室

▲ 伊賀上野芭蕉翁記念館

病歿，芭蕉返回故鄉。

一六八〇年冬，蒙門人杉山杉風邀請，移居深川芭蕉庵居住。隔兩年，芭蕉庵遭火焚燬，流寓甲州，翌年回江戶，逐步將俳諧改造成嶄新的寫作藝術，創立嫻雅、枯淡、纖細、空靈風格的蕉風俳諧。一六八三年出版俳諧集《虛栗》，跋文：「立志學習古人，是表達對新藝術的自信。」

譽為「俳聖」的松尾芭蕉，居江戶期間時有男色傳聞，一是曾侍奉的伊賀國大將藤堂良忠。一是鍾愛的徒弟坪井杜國和越智越人。越智越人是美男子，時人詠嘆他「美男飲水，顏如秋月」。

一六八四年《野曝紀行》之旅，歸途，在名古屋出席俳諧大會，得《冬日》五「歌仙」，這是蕉風俳諧創作成果的一次總檢閱，此後，於《鹿島紀行》、《笈の小文》、《更科紀行》等紀行寫作，進一步奠定蕉風俳諧的文學地位。

一六八九年《奥の細道》之旅，是蕉風俳諧的第二次轉型。

他宣揚「不易流行」之說，主張作風脫離觀念、情調，探究事物本質，以詠歎人生為己任。其後出版《曠野》、《猿蓑》等，呈現蕉風特色的俳諧。

芭蕉在旅途中快速的步伐，有人認為可能當過忍者，包括獲取德川幕府的相關情報。出生地伊賀國上野，正是忍者的故鄉，加上年少當過藤堂良忠的隨從，少數學者繪影繪聲暗示芭蕉極可能是間諜。

一六九四年，芭蕉離開京都遠行，於大阪染患嚴重腹疾，不得不折回故鄉；是年十月十二日辭世，享年五十一，臨終留下最後俳句：「旅途罹病，荒原馳騁夢魂縈旅。」（に病で、夢は枯野をかけ廻る）作品有：《貝炊》、《俳諧次韻》、《虛栗》、《曠野》、《風雨紀行》、《冬日》、《鹿島紀行》、《笈中小札》、《更科紀行》、《奧之細道》、《幻住庵記》、《木炭草袋》、《芭蕉七部集》等。

## 關於《芭蕉百句》

俳句是日本特有的文類，特別是芭蕉的俳句，如：「閑寂古池，青蛙跳進水中央，噗通一聲響。」「樹下肉絲，菜湯上，飄落櫻花瓣。」舉世聞名，影響所及，中國出現漢俳。至於俳文，又稱俳諧文，指具有俳味諧趣的文章。體式上，以散文為主，置入或多或少俳句。芭蕉之前，已有類似作品，但尚未稱「俳文」；等到芭蕉的俳句出現，俳文才得以與俳句並列俳諧文學。

芭蕉是把俳諧推展到高峰的人物，日本文學史稱「俳聖」。

《芭蕉百句》譯者鄭清茂教授說：「俳句是日本特有的文類，可能是世界上最短的詩體。俳句原稱『發句』，指『俳諧連句』的首句。而連句則沿襲了『和歌連歌』的體式，不過在所詠素材、表現理念或審美意識等各方面，都產生了明顯的質變。

「簡言之，在不完全放棄貴族氣的『雅』趣之下，積極吸收了庶民性的

日文版《芭蕉全句集》

中文版《芭蕉百句》

**中文譯本：**

·《芭蕉百句》，鄭清茂/譯，莊因/繪圖，二〇一七年三月，聯經出版。

中文版《芭蕉俳文》

**延伸閱讀：**

・《芭蕉俳文》，鄭清茂／譯，莊因／繪圖，二〇一八年一月，聯經出版。
從芭蕉約一百篇短文中選出三十多篇，加上短篇紀行文〈野曝紀行〉、〈鹿島紀行〉、〈笈之小文〉、〈更科紀行〉四種，以及〈嵯峨日記〉一種，施予注釋，呈現芭蕉俳文之美。

『俗』味，而朝向『雅俗並存』的境界發展。連歌盛行於室町時代（一三三六～一五七三）；而後經由『俳諧連歌』過渡到『俳諧連句』；又經江戶初期松永貞德（一五七一～一六五三）貞門派與西山宗因（一六〇五～一六八二）談林派的推波助瀾，而蔚然成風，廣為流行，但是仍然擺脫不了『第二藝術』的偏見。到了松尾芭蕉（一六四四～一六九四）出現，俳諧才在日本文學史上攀上了頂峰，終於能夠與其他傳統文類如和歌平起平坐，變成了雅俗共賞的『第一藝術』。」

俳句的原形為日文「五・七・五」三行，十七音節，稱上五・中七・下五。由鄭清茂教授譯注的《芭蕉百句》一律以漢字「四・六・四」十四言譯之；文白不拘，希望能表達俳句特有的詼諧輕妙之趣。

《芭蕉百句》按年代編排，譯成漢語，並附簡單注釋、原文及漢字漢詞假名注音，以為鑑賞。雅俗共創共賞的藝術形式，得趣不少！

**經典名句**

- 芭蕉葉，打秋風，夜聞銅盥滴雨聲。
- 秋月明，一夜遠他行。
- 涼秋九月白荻放，一升露水一升花。
- 有人不愛子，花不為伊開。
- 魚鋪裡，一排死鯛魚，呲著一口口白牙。

04

非人情的寫景寫意小說

# 草枕・夏目漱石

以草為枕，露宿於野的悠閒生活。

作者・夏目漱石

一八六八年出生東京新宿區喜久井町的夏目漱石，本名夏目金之助。出世前，夏目家在江戸青山擁有不少地產，從那裡收取的租米足夠家人溫飽。明治維新後，身為「名主」的夏目家一樣受到世局混亂的衝擊。

一歲，夏目被送往塩原家當養子，一八七四年，進入淺草壽町的戸田學校就讀；一八七六年，才從養父母家返回原生家庭；十四歲開始研讀中國古籍，立志學習漢文。

二十三歲，進入東京帝國大學英文系，求學期間，受好友俳句名人正岡子規等人影響，開始寫作；用漢文寫成的暑假遊記《木屑錄》不僅是最早彙集成冊的作品，還署名「漱石頑夫」。「漱石」二字取自唐代《晉書—漱石枕流》的故事，原是子規的筆名，被夏目借用，借而未還，最終成為他的筆名「夏目漱石」。

一八九五年，在四國愛媛縣松山中學任教，第二年轉任九州熊本高中；教書經歷後來寫成小說《少爺》。一八九六年，在家人安排下，跟貴族院書記官長中根重一的長女鏡子結婚，這一時期，夏目在俳句界聲名鵲起。

一八九九年十月，三十三歲的夏目被日本政府遴選為第一批留學生之一，前往英國倫敦進行為期兩年的英語研究，一年獎助學金一千八百日圓。返國後，生活拮据。後進入東京帝大教授英文，開始文學創作。一九〇五年的《我是貓》使他一舉成名。

一九〇七年，進《朝日新聞》工作，《文藝的哲學基礎》開始連載，後由大倉書店出版《文學論》。期間，最大成就是發表長篇小說《虞美人草》。

《虞美人草》連載消息預告不久，三越百貨店立即出售虞美人草浴衣，玉寶堂發賣虞美人草戒指，報童紛紛叫嚷「夏目漱石的虞美人草」用以兜售《朝日

▲《草枕》地景熊本玉名市前田家別邸

**文學地景:**
**九州熊本:**玉名市草枕交流館、玉名市前田家別邸、小天溫泉。
**九州大分:**別府市觀海禪寺。

▲ 前田家別邸庭園

▲ 前田家別邸溫泉館

新聞》，一時之間滿城為之轟動。熱烈氣氛，正是夏目懷著激動心情，走向新生活的小說大作。故而文筆、主題、人物以及布局結構，格外用心。

《虞美人草》的出版、暢銷，奠定夏目漱石在《朝日新聞》崇高的地位。暮年的夏目追求「則天去私」的理想，一九一一年，拒絕接受政府授予榮譽博士稱號；一九一六年，因胃潰瘍去世，家屬同意將他的腦和胃捐贈東京帝大醫學部研究。他的腦至今仍完好保存在東京大學。一九八四年，他的人像被印在日幣一千元紙鈔上。

他是日本近代文學史上享有崇高地位的文學家，讚譽為「國民大作家」，門下出了不少文人，芥川龍之介名列其中。

一生著作豐碩的夏目漱石，每一本書都具有代表性：《我是貓》、《哥兒》、《草枕》、《虞美人草》、《三四郎》、《從此以後》、《門》、《心》、《道草》、《彼岸過後》、《二百十日》、《夢十夜》等。

發表於一九〇六年的《草枕》，時當日本社會處於文明如花開的盛放季節，政治、經濟、教育、文化，全面模倣西歐，文學被自然主義小說占據主導地位。自然主義文學反對傳統的善惡觀，認為文學應該表現自我內在情感，可以放開懷書寫真實人生或私領域的生活。夏目漱石的《草枕》不以家庭糾紛、情感糾葛的紛擾為素材，反而主張以「離卻人情」和「非人情」的創作意識表達文學的藝術性。

他以一位尋找自得生活為目標的畫家，內心的獨白、隨想，以及畫家追求心靈美和寧靜為主題寫成的《草枕》，便是「離卻人情」的小說。

「草枕」的原意為：「以草為枕，露宿於野。」是一種徜徉自然界的「優閒」意識。小說內容透過一位畫家在旅宿中遭逢某些人、某些事，所組串的「超越世俗人情」，完成特立獨行的情節。

主角「我」是一位畫家，一心期望自己的人生能以逍遙、優閒的「非人情」方式過活；某一年春天，去到熊本的達山村旅行，住進「那古井」溫泉旅館，邂逅旅館老闆「老隱居」的女兒「那美」；被公認美女的那美，曾在京都進修時結交了個男朋友，兩人私下相愛，無奈被迫嫁給城裡一位富家公子，一九四一年太平洋戰爭爆發，富家公子任職的銀行破產關閉，兩人以離婚收場，那美只得獨自回到那古井「志保田」娘家。

性格頑強，極富才華，喜歡俳句、彈三絃琴、問禪，種種不受拘束作為的那美，在保守的村民眼中看來極為不可思議，就連畫家住進旅館期間，也被她不同於「凡人」的舉止嚇著。她對畫家頗具好感，兩人相處，顯得十分曖昧，時而激進、時而淡然。某天，請託畫家為她作畫，但畫家覺得她那種非出自內心真誠的微笑，以及因過度焦慮而形成的好勝心，難以入畫，這種感覺不便說出口，促使畫家頓時困窘；他認為，既然要離卻人情，就沒必要在旅行中走進羈絆的人情世界，這樣反而糟蹋旅行的實質意義。

日文版《草枕》》

中文版《草枕》

**中文譯本：**

·《草枕》，劉子倩/譯，二〇一六年十一月，大牌出版。

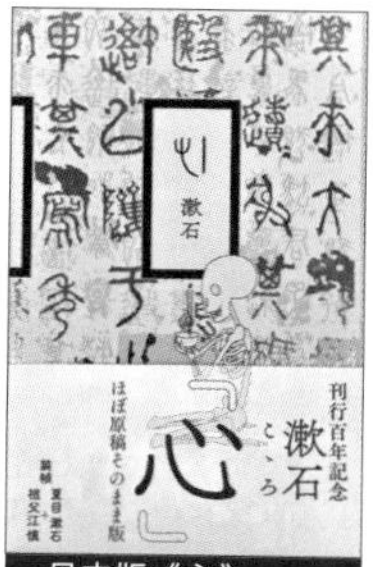


日文版《心》

**延伸閱讀：**

・《心》：夏目漱石/著，林皎碧/譯，大牌出版。

「那些平日看來善良的人，至少也都是普通人。不過一旦碰到緊要關頭，誰都會變成壞人。」作者說：「這本探究人心的書，寫給渴望探究自己內心的人。」

作者如斯形容：「我一看到這個女人的表情，就無法判斷了。嘴唇咬成一字，卻是靜止的。眼睛在動，露出五分隙罅。臉是倒瓜子型。」又說：「眉毛向兩邊靠近，中間有如點綴數滴薄荷，焦慮地抽動。至於鼻子，輕薄而不銳利，遲鈍而不圓滿，畫成畫，也該美麗的吧。她的這些道具，個個都有個性，一下子亂紛紛地闖進我的眼睛，難怪我會不知所措了。」

直到某一天，她到車站為即將出征前往參與日俄戰爭的堂弟送行，意外見到落魄的前夫出現同一班列車，這個男人正打算到滿洲尋找新生活，這時，陪同那美前往送行的畫家，意外發現，那美無助又莫奈的臉流露出一股特別使人憐憫的表情，這種發自內心的真誠表情，終於觸動他提筆為她作畫的欲望。「就是這個！就是這個！這下可以成畫了。」他輕拍那美的肩膀，小聲說：「我心中的畫面在這一剎那完成了。」

一本隱逸美學的書寫，展現深厚漢學修養與造詣的小說，《草枕》無處不彰顯夏目漱石的藝術態度，他的文化內涵、美學思想，影響動畫大師宮崎駿頗多，宮崎駿創作的《崖上的波妞》，深受《草枕》啟發，說道：「汲取創作靈感時，只閱讀三類：兒童文學、戰爭史以及夏目漱石。」

**經典名句**

- 這女人的臉沒有統一的感覺，正是她的心沒有統一的證據。
- 痛苦、憤怒、騷鬧、哭泣，原是人世必有的情緒。
- 夾著鹹味且微醺的春風自海邊緩緩襲來，將老闆店裡的門帘拂得昏昏欲睡。
- 若是可怕的事物，只需以其本來面目看待，亦能成詩。
- 第二等畫只需物與感覺兩立即可成畫。至於第一等畫，則因其所存者為心境而已，故為使其成畫，無論如何非得選擇於此種心境之對象不可。

05

綺想繽紛、詭異唯美的夢元素

# 夢十夜．夏目漱石

深具野心的我，要讓一百年後的人們解開這個謎！

作者．夏目漱石

## 關於《夢十夜》

《夢十夜》是夏目漱石四十一歲，遭受神經衰弱和胃病所苦寫下的作品；以「夢」為形式，敘述十則短篇故事；十個不同色調、年代，無論離奇難解的噩夢或光怪陸離的夢中夢，其夢境分別交織出他對親情、愛情、人生、社會、恐懼、孤寂、憤怒、哀傷的深刻感悟，並真摯呈現人性最赤裸的本質。

夏目漱石的文學寫作沉穩又充滿韻味，《夢十夜》每一場夢境風格獨樹、撲朔迷離，迥異的小說內容跟江戶時代的「夢物語」遙相呼應，有年少舊事、古今交錯、噩夢與現實交織的深沉幽默。

全本小說，既富耐人尋味的散文詩意境，又像短篇的詩小說，呈現綺想繽紛、詭異唯美，兼而澄靜透明的無意識世界，許多表面看似不合理又毫無關聯的人事物，都讓他以高明的文學筆觸，掌握夢元素的特質表現出來。就連自己都說：「深具野心的我，要讓一百年後的人們解開這個謎。」而今，《夢十夜》的出版已然超過百年。

小說從百年前出版至今，有人持續閱讀，並從閱讀中試圖解開夢境之謎？有人摸不著頭緒，不懂夢境云何，反覆思慮後，卻發現文字中暗藏不少不可思議的寓意。時至今日，讀者以夢的解析和潛意識不停回顧夏目的作品，不正應驗

日文版《夢十夜》

中文版《夢十夜》

**中文譯本：**

・《夢十夜》，周若珍/譯，二〇一二年一月，立村文化出版。

▲《夢十夜》場景之一仁王雕像

▲《夢十夜》場景之一理容所

日文版《門》

**延伸閱讀：**

・《門》：夏目漱石／著，劉子倩／譯，大牌出版。

探索孤獨本質，藉由百年前知識分子的戀愛，寫出夫妻日復一日過著平淡生活，流露內心深處的矛盾。「遼闊的世間，似乎只有兩人坐的地方是明亮。明亮的燈影令宗助只意識到阿米，阿米也只意識到宗助，二人都忘了油燈照不到的陰暗社會。」

▲《夢十夜》電影海報

他的預言？

該書出版百年後的二〇〇七年，日本影壇為替讀者解開耐人尋味的謎團，製作「夢十夜」（ユメ十夜）電影，邀集當代十一位前衛導演，以個人擅長的風格，完成解謎鉅作；包括：《亂步地獄》的實相寺昭雄、《細雪》的市川崑、《咒怨》的清水崇、《恐怖劇場．請求》的清水厚、《東京殘酷警察》的豐島圭介、《戀之門》的松尾鈴木、《島の歌》的天野喜孝、《豆富小僧》的河原真明、《苦役列車》的山下敦弘、《蛇草莓》的西川美和、《極道兵器》的山口雄大。

十段夢境唯一的動畫，由日本ACG界最負盛名的插畫大師，監製《島の歌》的天野喜孝執行。無論噩夢或現實，相互交織迭次，以3D動畫傳達超時空幻覺，使閱聽者從中領略「大夢初醒」的驚奇。演員部分，包括：《東京鐵塔》的小泉今日子、戶田惠梨香、香椎由宇；《現在，很想見你》的市川實日子；《日本沉沒》的藤岡弘；《東京朋友》的山本耕史；《犬神家一族》的石阪浩二；《沉睡的森林》的本上真奈美，以及二〇一二年NHK大河劇《平清盛》

飾演「平清盛」的松山健一等。

電影推出，讀者是否已從夢境中跳脫夏目漱石設下的人生幻境？或是仍繼續墜入不斷轉換現實與虛幻的時空軌跡？謎團仍為謎團，人生本就一場夢境，不是嗎？

**經典名句**

- 紅色的太陽由東向西沉落的日子，妳願意為我等候嗎？
- 我想在死前與我的戀人再見一面。
- 運慶只是用鑿子和槌子的力量，把原本藏在木頭裡的眉毛和鼻子挖出來罷了！
- 靜為之性，心在其中矣；動為之心，性在其中矣；心生性滅，心滅性生。

06

他一半身處妖異世界，另一半……

# 高野聖・泉鏡花

半僧半俗的魅惑，神聖與肉慾的糾纏。

作者・泉鏡花

一八七三年十一月出生石川縣金澤市的泉鏡花，本名鏡太郎，父親是雕金和象牙工藝師。一八八〇年就讀金澤市立馬場小學校。一八八三年，得年二十九的母親過世，對泉鏡花衝擊極大，促使後來文學風格充滿濃烈「母性」和「女性」色彩，是活躍於明治後期至昭和初期的著名小說家。

一八八七年，從北陸英和學校退學，報考金澤專業學校，未被錄取，僅能就讀井波私塾，平時，偏愛到出租書店租借小說，喜歡閱讀以《金色夜叉》聞名的尾崎紅葉的作品。

▲ 高野山金堂

▲ 高野山壇上伽藍

▲ 一九〇四年鏑木清方畫作「高野聖」（豐川閣妙巖寺藏），翻攝自《泉鏡花專刊》

**文學地景：**

**和歌山：**高野山，佛教聖地。弘法大師空海在此修行並建立金剛峰寺，後來成為高野山真言宗總本山，戰國群雄長眠地。列為「紀伊山地的聖地與參拜道」世界遺產。

**東京：**湯島天滿宮泉鏡花筆塚

▲ 東京湯島天滿宮庭園泉鏡花筆塚

大量閱讀，讓他立下宏願要當小說家，一八八九年，生性荏弱敏感的泉鏡花隻身前往東京，打算拜師尾崎紅葉，不得其門而入，只好浪跡街頭，過著顛沛流離的生活，飽嘗下層人民的苦楚。直到十一月，輾轉透過熟門熟路的人引介，才得以進入尾崎門下。「鏡花」這個筆名，即是入門學文，提出小說《鏡花水月》，獲尾崎紅葉賞識，當場同意以此立名。

歷經三年辛勞磨礪，閱讀、寫作，受到上田秋成的神怪小說《雨月物語》影響，一八九三年，處女作《冠彌左衛門》得有機緣發表在《京都日出新聞》；之後，中篇小說《義血俠血》獲《讀賣新聞》連載，還改編話劇《瀧白絲》，這篇小說至今依然廣受日本讀者喜愛。小說寫作愈來愈有心得，布滿陽世與陰間、黎明與黑暗、男人與女人，混沌不明的想像風格。一八九五年，發表《夜間巡警》和《外科室》，受到評論家、讀者熱議，被視為「觀念小說」代表作。

一八九九年的新年宴會，結識藝伎桃太郎，兩人情投意合。桃太郎原名阿鈴，恰好和泉鏡花珍愛的母親同名。鏡花為她贖身，跟她同居，尾崎紅葉堅決反對，迫使兩人暫時分手。直到一九〇三年尾崎去世，才和阿鈴正式結婚。一八九九年十二月出版的《湯島之戀》，在主角阿蝶身上，處處可見阿鈴的身影。

《湯島之戀》出版翌年，《高野聖》問市，全書充滿浪漫主義，描寫一隻化身為人的怪獸，擾亂人類的故事，闡述人活在世上必須承受不可抗拒的自然、鬼怪、神佛力量的支配。其後小說《婦系圖》、《歌行燈》文風特殊，成為最具代表性作品。一九〇九年，參加後藤宙外等人組織的文藝革新會，標榜反自然主義文學。大正年間發表《天守物語》、《棠棣花》、《戰國新茶漬》等劇本，被讚譽為唯美主義戲劇的代表作品。同樣出身金澤的漫畫家波彬津子還將他的三大劇作《天守物語》、《夜叉池》與《海神別莊》改編漫畫，收錄《鏡花夢幻》。

一九二七年，以泉鏡花為核心，成立談論文學的九九九會，成為文學愛好者的學術組織；基於文學的卓越昭著，一九三七年獲選為帝國藝術院會員；評價：幻想文學的先驅。其耽美的文風影響後世甚深。

一九三九年七月，發表生前最後作品《縷紅新草》，二個月後的九月七日，受評為「日本浪漫綺譚第一人」的泉鏡花，因癌性肺腫瘤去世，享年六十六，遺體葬於雜司谷靈園。

## 關於《高野聖》

一九〇〇年，二十八歲的泉鏡花，在春陽堂書店發表中篇奇幻小說，結合唯美與妖異的《高野聖》，文章甫一刊出，旋即轟傳文壇，獨特的文字語法、豐沛的意象，以及種種奇異、隱喻性的新創描述手法，在在引起各方討論；直到二〇一二年，歌舞伎大師坂東玉三郎，還以全新手法，詮釋聖僧與女子糾纏不清的複雜關係。

「高野聖」是平安時代至江戶初期，以高野山為根據地的遊行僧，自高野山前往各地，從事勸化、撿骨等工作。

以此為題材的《高野聖》，描述聖僧宗朝，翻越高野山鄉野，前往信州，一場迷幻的旅程。宗朝走過崎嶇山徑、樹林，沿途遇見奇怪的藥商，歷經巨蛇、山蛭出沒以及血池泥濘的考驗，最終走到山林深處一間小屋。奇妙的是，荒煙蔓草之地，出現在荒蕪小屋，竟是一位美豔不可方物的女子，以及智力遲緩，心靈卻清澈純真的愚鈍男子。

天色既晚，宗朝上前乞宿，女主人應允，並陪同僧人到溪澗沐浴。「請褪盡衣衫清洗，我來幫您沖洗。」女子在溪邊褪下衣裳，替僧人擦拭身體；嬌柔的撫摸，讓僧人一時心醉神迷。行路疲累不堪的宗朝明知道這是不可有的妄念，卻仍無意識，一步步讓靈魂陷落，掙扎不休。還好，宗朝及時清醒，抑制住胡亂的慾念。

是夜，宗朝感覺這戶人家，四周好似聚集二、三十隻鳥獸，不斷發出哀鳴聲。之後又傳來女子呻吟聲，彷彿回應宗朝蠢動的心。宗朝專一唸出陀羅尼心

日文版《高野聖》

中文版《高野聖》

**中文譯本：**

・《高野聖》，陳俊廷／譯，二〇一五年十月，新雨出版。臺灣中文版由作家銀色快手導讀、介紹。

咒，氣氛才稍稍平靜。翌日，宗朝謝過女子留宿之恩，繼續行程，腦子卻無法忘懷妖豔女子的模樣，妄想回去和女子廝守。

待要回頭，恰巧遇見先前在森林照過面的老頭，老先生告訴他，昨日牽的那匹馬，是女子用妖術變成藥商，糾纏女子的那群鳥獸是被豔女玩弄過的男人的變形。宗朝一聽，嚇得落荒而逃。

遊走陰陽的迷離旅程，《高野聖》情節高潮迭起；百年來，名家先後讚嘆推崇。

芥川龍之介說：「鏡花先生之作，濃豔更勝巫山雲雨，壯烈更勝易水風寒。」

川端康成說：「日本到處都是花的名勝，鏡花的作品則是情趣的名勝。」

三島由紀夫說：「鏡花的詩文，像是神仙作品；什麼寫實主義、什麼意識流，全被他踩在腳底。儘管他的語彙浮游半空，看起來不過是空中樓閣；然而，這空中樓閣完全透明，實在是了不起的作品、天使的作品！身為作家，我也渴望能到達這樣的境地！」

07

發現陰翳之美

# 陰翳禮讚・谷崎潤一郎

美不在於物體本身，而是在物體與物體形成的陰翳、明暗。

作者・谷崎潤一郎

一八八六年出生東京日本橋的谷崎潤一郎，父親為一米商，幼年家境富裕，及長，父親生意失敗，家道中落。一九〇五年進入東京第一高等學校，一九〇八年就讀東京帝國大學國文系，求學期間接觸希臘、印度和德國的唯心主義、悲觀主義哲學，露形虛無的享樂人生觀，大學三年級因拖欠學費遭退學，從而開始文學寫作。

輟學後的谷崎潤一郎，與劇作家小山內薰、詩人島崎藤村發起創辦《新思潮》雜誌，並發表唯美主義的短篇小說〈刺青〉、〈麒麟〉。〈刺青〉描寫以刺青為業的青年畫工，用誘騙手段迫使原本善良的女孩變成「魔女」；〈麒麟〉敘述春秋時代孔仲尼遊說衛靈公，反遭奚落的情節。兩篇小說構思新穎，受到日本唯美主義始祖永井荷風青睞，特意發表專論讚譽谷崎的小說為文學界開拓新領域，給予高度評價，谷崎從此登上日本文壇。

一九二三年關東大地震，舉家搬遷京都、神戶定居。京阪一帶的自然景色、純樸人情、濃郁的古文化氛圍，激發創作熱情，從而讓關西的風土人情成為他寫作後期的背景舞臺。

自一九三四年到一九四一年之間，他花費八年時間從事《源氏物語》今譯，口語譯本文筆明麗酣暢。一九四八年，在神戶東灘區「倚松庵」宅邸寫下代表作《細雪》；翌年，獲文化勳章，時年六十三。

一九五二年，高血壓嚴重，前往熱海靜養。一九五八年，有中風現象，右手麻痺，此後數年的作品都以口述方式進行；一九六〇年代，美國作家賽珍珠推薦他的作品，競逐諾貝爾文學獎，是日本早期少數幾位獲得此項世界大獎提名的作家之一。

▲ 日本陶瓷、漆器飲食器皿

▲ 日本居屋的光與影

▲ 綿密的和紙

一九六五年，因腎臟病不治過世，葬京都法然院墓園，墓地僅立兩塊石碑，分別刻上「空」、「寂」陰字，一是谷崎與夫人松子，另一是松子之妹夫婦，均為谷崎手書字跡。

他的一生，為藝術與愛情而生、而死。說道：「藝術家無論怎樣怯懦，也要安於自己的天分，精益求精地研習藝術。這時，就會產生為藝術而不惜捨生的勇氣，不覺間對死就有了確切覺悟。這才是藝術家的勇氣！」

早期作品從嗜虐與受虐中體味痛切快感，又從書寫肉體展現女性之美，人稱「惡魔主義者」。中後期作品回歸日本古典與東方傳統，幽微而私密地描述中產階級男女之間的性心理與性生活。著作：《刺青》、《麒麟》、《惡魔》、《鬼面》、《春琴抄》、《痴人之愛》、《卍》、《武州公祕錄》、《細雪》、《少將滋幹之母》、《陰翳禮讚》、《源氏物語》口語譯本等。

## 關於《陰翳禮讚》

谷崎潤一郎在《陰翳禮讚》說：「美往往從實際生活中發展而成，我們的祖先不得已住在陰暗的房間，曾幾何時，竟由陰翳發現美，最後更為了美感，利用了陰翳。」這本隨筆著作，以十六個片段，燈、廁所、紙、餐具、建築、室內空間、顏色、服飾，及至人的膚色，分析比較西方的「明」與東方的「暗」，並大力讚揚「陰翳之美」。

用十六則篇章細說陰翳，文筆優美，言之哲理，使人折服作者不僅是出色小說家，其散文隨筆的論點更是一絕；獲頒臺灣文學館散文「金典獎」的作家林文義，同樣對《陰翳禮讚》讚譽有加。

一九三三年完成的《陰翳禮讚》，作者對日本傳統建築、器物、藝術的描寫，充滿戀慕之情。他認為陰翳是美學，值得玩味的生活情趣；尤其，古代泥金畫、漆器、水墨畫潛藏的陰翳光澤更能彰顯文化質地。

全書收錄：〈陰翳禮讚〉、〈懶惰之說〉、〈戀愛及色情〉、〈厭客〉、〈旅行雜話〉、〈廁所種種〉六篇。其中廣為熟知的〈陰翳禮讚〉，從「陰翳造就了東方建築美學」衍生探討東方建築文化的曼妙，直陳陰翳象徵的自在與神祕。其他各篇，也都圍繞在東西方文化的差異比較。

揮灑自如的文筆，旁徵博引、妙趣橫生，最可貴處，把屬於東方、古中國與日本生活文化的美學，以鑑賞者角度，發表見解；作者認為「審美」是和陰翳不可分隔的藝術，許多時候，陰翳本身就是美，去除陰翳，形同離棄美，遑論美學。

作家吳繼文說得好：「谷崎潤一郎《陰翳禮讚》通篇要抒發的，不是『日本雖然沒有歐美現代化，可是日本的美（或日本人的美意識）卻勝過一切』或『外來的新生事物粗暴地破壞了古老的日本的美』之類的牢騷，而是，我認為，意在言外的、不帶排他性的樸素問句：『當我們義無反顧地追求進步時，能否冷靜自省，我們的一切營為，是否同時也讓我們的世界變得更美，生活品

日文版《陰翳禮讚》

中文版《陰翳禮讚》

**中文譯本：**

・《陰翳禮讚》，李尚霖／譯，二〇〇九年十二月，臉譜出版。。

質變得更好？』並宣示重新取回幾乎要讓渡給他者的、對於美的詮釋權。」

書文首篇〈陰翳禮讚〉，作者侃侃談及從電器用品進入日式建築後帶來的美學差異：前所未有的明亮，無所不在的電線，和木構建築格格不入的瓷磚……然後又述說廁所建造與歷史演進，表露日本人富於詩意的想像力；由於廁所小屋「一定建在離主屋有一段距離之處，四周綠蔭森幽」，因此，蹲在被紙窗濾過的幽光中，不但沐浴芬多精，還可一邊辨事一邊聆聽風聲、雨聲、鳥叫、蟲鳴，因此，宅邸中本來屬於最不乾淨的所在，經過具體與實用性的創意改進，一變而成最雅緻、重要的地方了。

閱讀《陰翳禮讚》，如讀處於陰翳與明亮相互交錯的人心，對立或重疊的糾

日文版《少將滋幹之母》

**延伸閱讀：**

・《少將滋幹之母》：谷崎潤一郎／著，林水福／譯，聯合文學出版。
譯作家林水福認為這本書是「運用平安朝物語手法的小說。」小說從平中的滑稽譚展開序幕，歷經曲折過程，最後朝滋幹戀母結束，評論家龜井勝一郎認為《少將滋幹之母》是谷崎文學所有要素的綜合，最高的結晶。

葛，進而引發省思，使人縱然身處陰翳環境，偶見明亮，即便產生「陰暗中仍有一絲光明」的喜悅。

**經典名句**

- 在我們不得不寬衣解帶之際，偏又到處亮晃晃，這也未免太不成體統。
- 漆器宛如淌流在榻榻米上的數道小溪所湛湛蓄積的池水。
- 帶有自然光澤的地板，閃耀黑光的廊柱和鏡板，黑暗彷彿一座大吊鐘。
- 旅行，與其一味求快，與其在短時間想跑遠一點，不如反其道而行，在一定範圍內長時間漫遊。以這種方式走動，就算至今漠然置之、不屑一顧的地方，也能出乎意料發現饒富趣味之處。

08

## 刺青師的靈魂融入墨汁裡

# 刺青・谷崎潤一郎

當顧客發出痛楚的呻吟聲，他內心越發快樂、興奮。

作者・谷崎潤一郎

### 關於《刺青》

描寫一位以刺青為業的青年畫工清吉，採誘騙手段，在憧憬的女子背上刺入人面蜘蛛圖騰，作品完成後，女子背上的蜘蛛，增添無比活躍媚態，使他的心魂沉溺其中，無法自拔，彷彿成為蜘蛛的第一個獵物。

清吉是江戶出色的刺青師，異於常人的嗜好與熱情，對顧客因扎針而痛苦，甚至哀嚎，感到特別興奮與喜悅，這種強調官能感受，幾近虐待肉體的小說，題材少見，十分特別。

日文版《刺青》

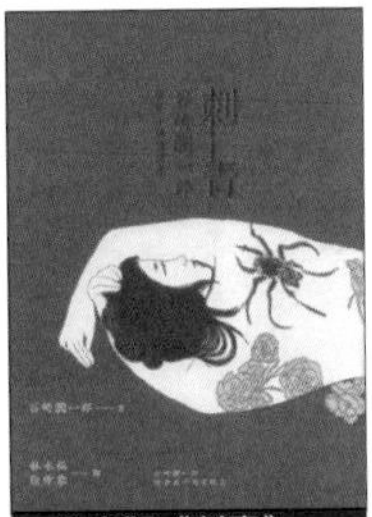
中文版《刺青》

**中文譯本：**

・《刺青》，林水福、徐雪蓉／譯，二〇一五年十一月，聯經出版。

谷崎筆下沒有不美的女人，他的「唯美」就是「惡」。如〈刺青〉表達出「吸男人的血、踩男人的身體」，讓男人臣服在女人腳下；女人以美色，惡魔般征服男人，日本文壇譬喻他作品的風格為「惡魔主義」。

「惡魔主義」起源於十九世紀末的歐洲，從頹廢、反社會傾向、醜惡、怪異、怪奇、恐怖中找尋美的觀點。波特萊爾、拜倫乃其代表性作家。一九一〇年十一月發表於《新思潮》的〈刺青〉，是谷崎的處女作，也可視為典型惡魔主義作品。

小說描述，江戶刺青師清吉的宿願，希望能在女人亮澤的肌膚刺入自己的靈魂。某天，終於得有機緣在深川的「平清」料理屋之前，看到一雙從轎子後面

▲ 神戶東灘區住吉東町谷崎潤一郎舊居「倚松庵」

▲ 神戶蘆屋市谷崎潤一郎文學記念館

露出的素足，「在他銳利的眼中，人的腳跟他的臉一樣有著複雜的表情。那個女人的腳，對他而言是尊貴的肌肉。從拇趾到小趾纖細的五趾形狀，色澤不輸在繪之島拾獲的淺紅色貝殼，腳踝圓滑像寶玉，讓人懷疑是不斷以清冽的岩石間的清水洗出來的皮膚潤澤。這雙腳是喝男人的鮮血成長，是踐踏男人骷髏的腳。有這雙腳的女人是他多年來追求，女人中的女人。」

後來，他果然在女人背上刺了一隻大蜘蛛，讓自己的靈魂融入一滴一滴的墨汁裡；那刺青、蜘蛛就是他生命的一切。

把靈魂交給女人後，主從地位瞬息逆轉，女性內在蘊生的魔性與虐性明顯流露出來。她對清吉說：「你首先會成為我的肥料！」

在憧憬的女性面前，男人毫無招架能力，願意為女人做任何事，甘心忍受女性種種虐待行為，不但不以為忤，還甘之如飴。

初作〈刺青〉伊始，谷崎的作品就不斷出現崇拜女性肉慾、受虐的思維。譯作家林水福教授在本書導讀文便說：

谷崎潤一郎在一九一〇及一一年發表〈刺青〉、〈少年〉、〈幫間〉等作品之後，永井荷風於一九一一年十一月在《三田文學》發表〈谷崎潤一郎氏的作品〉指出谷崎作品的特質有三：

一、從肉體的恐怖產生的神祕幽玄。從肉體上的殘忍體會到痛切的快感。

二、都會性格。

三、文章的完美。

**經典名句**

- 畫裡的女人就是妳啊！這女人的血，應已交融在妳的身體裡了。
- 我期望妳能成為真正美麗的女人，這刺青，注入我的靈魂！從今以後，世上再也沒有比妳更優越的女人；妳已一改過去怯懦本性，男人社會中的男人，都將成為妳獵食的對象。
- 刺青師的靈魂融入墨汁，滲進皮膚，混合燒酒扎進肌膚，一滴一滴的琉球朱，是他生命的甘露，從那裡他看到靈魂的色彩。

還說「谷崎氏於混沌的現今文壇無論出身、教養皆傑出的作家。」文壇大老的讚辭，有如給了谷崎進入文壇的進場券。如同後來夏目漱石稱讚芥川龍之介的〈鼻子〉，作用之大實非臺灣文壇所能想像。

日文版《痴人之愛》

**延伸閱讀：**

·《痴人之愛》：谷崎潤一郎／著，林水福／譯，聯合文學出版。
陳述男子對少女肉體的崇拜，為擁有她萬分之一的愛，對少女荒淫無度的生活視若無睹，包容一切，甚至自甘受虐。是瘋了嗎？

日文版《從父親到女兒—谷崎潤一郎書簡集》

**延伸閱讀：**

·《從父親到女兒—谷崎潤一郎書簡集》：谷崎潤一郎／著，千葉俊二／編，日文，中央公論新社出版。
寫給女兒的二六二封信，陳述作者離婚、再婚，與「妻讓渡事件」的原因、過程、心情。

# 09 即便敗德，也要歌詠愛情

# 卍・谷崎潤一郎

兩男兩女、同性異性間彼此糾纏不清的愛慾。

作者・谷崎潤一郎

## 關於《卍》

一九三一年出版的《卍》，描寫兩男兩女在同性與異性之間，糾纏難清的愛怨情慾，作者透過女主角園子寫給老師，一段關於四個人荒誕愛情的悲劇萬言書，那是血淋淋的愛慾告白，更是谷崎再次以精密文字，陳述「惡魔主義」的顫慄作品。

譯作家林水福教授說：「這部小說的特色有三點：第一，以一個人的道白方式，完成一部小說。對雙重、多重、複雜而曲折的異常事情，完全由當事者之一的女性的道白貫徹始終，可說是第一人稱道白的危險技藝小說。第二，社會輿論、謠傳擔負重要的功能、作用。小說開頭部分，園子與光子的接近，因為周圍『奇怪的謠傳』開始的。每一個新事件或新人物，幾乎必然以『謠傳』為前兆導入，事件的發展，謠傳也以某種方式參與、介入。第三，事件的牽連，被捲入的連鎖性。谷崎在《卍》這部小說，最大的野心是以道白的力量，企圖將讀者也捲入事件的漩渦之中。不只是登場人物，連讀者都無法只當單純的局外人。」

四個角色的最終悲慘命運，豈只因「愛」而來，谷崎寫作「慾望」從來不會只有肉體，尚且包含扭曲心理的渴望。

就說《卍》，小說開頭敘述園子與丈夫柿內孝太郎的婚姻，因生理不合導致性愛關係乏善可陳，她在藝術學院認識個性熱情，小一歲的德光光子，光子的美貌讓她重燃愛情之火，並以她為臨摩對象，精心繪製一幅觀音像，兩人同性戀情的流言不脛而走。

其實，光子早有一位個性陰沉、身世背景不被家人與社會接納的男朋友綿貫榮次郎。綿貫是性無能者，卻能以特殊手法取悅女性，並使其獲得性滿足。園子和光子同性愛的流言傳到他耳裡，他以極陰險的方法破壞，使光子遭受脅迫，無法與他分手。

光子擁有美豔外表，但怪異想法使她認為征服異性根本無法滿足慾望，由是，當園子無理性的為她而活，沉醉在同性戀情時，光子無法遏抑的愛慾不斷高漲，兩人進而展開親密交往。作者說，光子被園子的熱情打動，愛她比愛綿貫還多，綿貫心裡不知道有多嫉妒。

作者安排園子答應與綿貫一起分享光子，卑劣的綿貫卻將兩個女人的私情告訴孝太郎，使孝太郎懷疑妻子和光子的關係。綿貫還對孝太郎說：「無論你高興與否，你已經捲入其中。」

嫉妒的綿貫為保有優勢奪回光子，不擇手段設局誘騙園子簽下見不得光的契約書，還惡劣的恐嚇三人，園子與光子商議自殺，以為博取孝太郎同情，便於對抗綿貫，計謀雖成功，但光子卻與孝太郎發生關係，引起爭端。

關於同性愛，光子跟追求她的綿貫說：「同樣是戀愛，同性愛和異性愛性

**文學地景：**

**神戶：**西宮市香櫨園、蘆屋市、神戶。

**奈良：**奈良公園若草山。

**大阪：**道頓堀。

▲《卍》文學地景西宮市香櫨園車站

▲ 大阪道頓堀

▲ 蘆屋市蘆屋川

▲ 奈良若草山

日文版《卍》

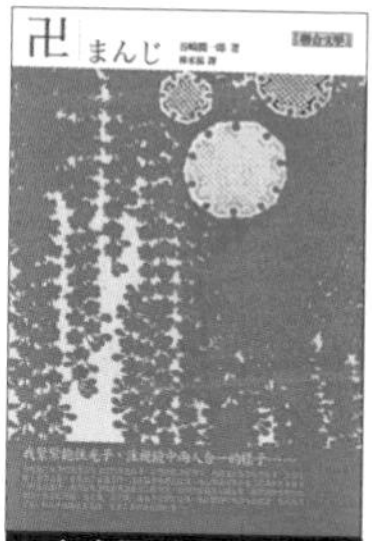

中文版《卍》

**中文譯本：**

·《卍》，林水福／譯，二〇〇六年十月，聯合文學出版。

質完全不同，如果不允許和園子擁有感情，那麼我和你的感情也不能繼續下去。」又說：「我姊姊（園子）是有丈夫的人，我可以跟你結婚，但是，夫婦之愛是夫婦之愛，同性愛是同性愛，我這一輩子不會和姊姊斷絕，你要有這種打算，如果不喜歡的話就不要結婚。」

多角愛情混為一氣，你爭我奪，後來，綿貫勾結被光子解雇的女僕阿梅，公開園子與光子同性愛的證據，「醜聞」暴露，三人無法承受，光子提議殉情自殺，因為只有愛可以讓死比生更幸福，並承諾死後不再爭奪愛情，但最後只存留園子一人活下來。

作者在書中以他特有令人窒息瘋狂的耽美惡魔主義筆觸，寫下豐饒的官能之

日文版《鍵》

**延伸閱讀：**

・《鍵》：谷崎潤一郎／著，林水福／譯，聯合文學出版。

日文「鍵」是鑰匙的意思：本書的「鍵」是打開夫與妻日記的鑰匙，讓兩人得以偷窺彼此隱私，知道對方也偷看了自己的日記。作者將四人多角關係的暗潮洶湧、心計、偽裝描寫得淋漓盡致，充滿情色，演繹了人的慾望，亦創造、亦毀滅的雙面性，刻畫人心，幽微耐讀。

美，既敗德，又敢於歌詠愛情。如此一說，因為愛，所以解放束縛的靈魂；因為殉死，所以彰顯愛情的玄奇。

### 經典名句

- 當自己被同性崇拜時，比起被異性崇拜，更會感到驕傲。
- 她有這麼漂亮的寶貝，為什麼藏到現在呢？（指身體部位）
- 不知不覺之間，已經晚上了，好寂寞啊！

10

進入神奇的烏托邦世界

# 河童・芥川龍之介

我們的特長是慣於超越自我意識。

作者・芥川龍之介

一八九二年出生東京京橋區的芥川龍之介，父親新原敏三在入船町八丁目販賣牛奶營生。芥川出生八個月，患有精神病的母親發狂，無力照料嬰孩，將他送往娘家撫育，後來又過繼母舅當養子，改姓芥川。

芥川家族充滿濃厚的江戶文人氣息，喜好文學、戲劇，龍之介受環境薰陶，奠定厚實的文藝底質。六歲送往江東尋常小學就讀，一九一三年應試進入東京帝國大學，學習英國文學，處女作《老年》發表在菊池寬等人復刊的《新思潮》雜誌。一九一四年在《帝國文學》發表短篇小說〈羅生門〉，並未受到重視。

一九一六年東大畢業，論文〈威廉．莫理斯研究〉，成績列同屆二十人第二名，通過教授英文資格；後來到報社擔任編輯，隨後，在《新思潮》發表短篇小說〈鼻子〉，夏目漱石讀後讚賞不已，對他頗多鼓勵，不久，成為少數入門弟子之一。寫作小說同時，也創作俳句。一九一八年發表〈地獄變〉，講述平安時代一段殘酷情事，透過畫師良秀，及其女兒的遭遇，反映純粹的藝術，以及無辜人民受邪惡統治者無情、跋扈的摧殘。

短暫十二年的創作生涯，總計書寫一百四十八篇小說，五十五篇小品，六十六篇隨筆，以及大量評論、札記、遊記、詩歌等。總體作品雖以極短篇、短篇、中篇小說為主，由於不斷嘗試新手法，文體多彩多姿，後代評論家將之類分為：物語體、小說體、寫生體、書簡體、追憶體、劇本體……等二十餘種。

他的文字典雅華麗，下筆純熟，精深洗練，思緒意趣盎然，別具一格。就創作技巧而言，風格纖細陰翳，形式、結構完美，大致圍繞關心社會與人生議題。就內容來看，深刻探討人性，兼具有森鷗外高調明晰與夏目漱石低迴諷刺

▲ 芥川龍之介手繪河童

**文學地景：**
**長野縣：**上高地穗高山、梓川、河童橋。

▲ 長野縣上高地穗高山梓川

▲ 梓川河童橋

的特質，日本文壇把芥川小說的成就與西方短篇小說翹楚，莫泊桑、契訶夫和愛倫坡並列齊名。

一九二一年，芥川以大阪每日新聞記者身分，前往中國訪問四個月，任務艱鉅、繁重。在壓力和壓抑雙重壓迫下，身染多種疾病；自此，一生為胃腸病、痔瘡、神經衰弱、失眠症所苦。翌年返日，發表〈竹林中〉，本文與安布羅斯．比爾斯（注）的〈月光小路〉結構類似，都是為某一案件的調查，採集多方證詞與說法，不同的是，〈月光小路〉最後澄清事實，而〈竹林中〉呈現的證詞既重合又相互矛盾，大都自圓其說。整部作品瀰漫徬徨和不確定的氣氛。這種反差情節極大的作品，反映他迷茫的思緒開始渙散，後來只得隱遁神奈川縣湯河原的中西屋靜養。

由於神經衰弱惡化，經常出現幻覺，加上社會意識右傾，沒有絕對言論自由，迫使寫作受到壓抑，《河童》的出現，便是思想受到箝制的反思創作。

一九二七年，芥川持續寫作〈侏儒的話〉，短小精悍，每段只一兩句話，意味深長。同年七月二十四日因「恍惚的不安」，服用大量安眠藥自殺身亡，遺骨葬東京染井慈眼寺，時年三十五。

他的小說題材從平安時代《宇治大納言物語》的《今昔物語集》獲取諸多靈感，如：〈羅生門〉、〈鼻子〉、〈偷盜〉、〈地獄變〉、〈竹林中〉；繼而轉向明治維新發展過程的變革為軸心，如：〈舞會〉、〈阿富的貞操〉、〈偶人〉；之後，又以現實人生為材料，如：〈橘子〉、〈一塊地〉、〈秋〉。往後，發表自傳體小說〈大島寺信輔的半生〉；短篇〈河童〉，更能針對資本主義及制度尖銳嘲諷。

作品包括：〈老年〉、〈芋粥〉、〈南京的基督〉、〈軌道列車〉、〈齒輪〉、〈阿呆的一生〉、〈西方的人〉等。其中，〈竹林中〉、〈羅生門〉、〈蜘蛛之絲〉、〈鼻子〉、〈橘子〉等，都曾選入臺灣高中國文課文、選讀教材。

## 關於《河童》

《河童》是藉由民間傳說的水怪為題材，以寓言形式寫成的作品。這篇違反作者主張「沒有像故事的故事小說」的小說，作者藉「河童國」提出人類生命成長的困惑，出生、社會、戀愛、結婚、人口、糧食、宗教、哲學、戰爭、自殺等問題。

小說記述一名編號二十三，年過三十，被人類認定患有精神病的男子，經常在靜靜的「浮起憂鬱的微笑」中，反覆述說遊歷河童國的見聞。作者借他的眼睛，把讀者從現實中抽離，並以第三者觀點，回顧人類身處的複雜世界，從而省思人性。

故事發生在某年夏天，沒有被賦予名字的男子，獨自前往長野縣松本市攀登穗高山，在上高地發現河童，激烈的追逐過程，不慎跌落又深又黑的洞穴，醒來後，發現身處「河童國」。

日文版《河童》

中文版《河童》

**中文譯本：**

・《河童》，金溟若／譯，一九六九年八月，志文出版。

**延伸閱讀：**

・《芥川龍之介經典小說集》：野人文化、大牌出版、笛藤出版、木馬文化。

在河童國，他遇到替他療傷的醫生查克、漁夫柏格、資本家蓋爾、學生勞布、詩人托克、哲學家馬各、音樂家克拉巴、法官培伯、機械師等，這些河童共同生活在跟人類生活方式、制度不一的國度。人類在河童國享有特權，可以不用工作，所以不少人就此長住，甚至與河童結婚。

河童國科技發達，把紙、墨與利用驢子的腦髓乾燥後磨成粉的神奇灰色粉末，倒進機器便能印刷出各類書籍。不僅如此，這個國度隨時都有新機器出現，用來取代「人工」，那些被取代的河童，依照「工匠屠殺法」的規定要被吃掉，宰殺後的肉，做成食材供其他河童食用。

芥川鉅細靡遺描繪河童的長相，寫道：「牠們的頭上有個碟子，常會做出青蛙跳躍的姿勢，或爬在樹上看人，身體稍微透明，且能隨環境改變顏色。」

二十三號發現，在河童國生活，所有意識好似在嘲諷現實社會的人們，河童國的河童，了解人類更甚於了解自己。因此，掌握和接受牠們特有的語言、思想後，一旦脫離這個烏托邦，便會陷入對人類產生無比嫌惡的煩惱。

小說末了，主角好不容易返回人間，礙於無法適應人類生活，而被當作瘋子對待。「我正沉浸在這樣的追憶，使我不覺想喊出聲來。那是因為不曉得什麼時候跑進來了，那個叫柏克的漁夫河童，獨自站在我面前，不住的叩頭。我回復意識後，哭了還是笑了，已記不起來。總之，使用久違的河童國的言語而使我大為感動，是不會錯的。」

芥川所欲傳達的信念，如果說，生活在烏托邦式的河童國，是象徵人類的覺醒與精神力量的提昇；相對回到人間，等同自甘墮落，終究必定造成難以收拾、挽回的悲劇，因為，這樣的人註定不可能繼續生存在現實世界。

《河童》是芥川在一九二七年七月，於東京田端自宅服用安眠藥自殺前五個月完成的作品。評論家解讀，他藉由河童國的詩人托克之死，想像自己死後的一切，對家族、死後榮譽、詩集出版等描寫，透露對醜陋世界感到絕望，復以輕生念頭，斷然離開塵世。

細讀《河童》，寓言式的文字，蘊含無限啟示，易於被故事吸引。

來自虛擬與想像的烏托邦，或許只存在於某一假象的空冥之中，但對作者來說，卻是：「完美的烏托邦，始終無法實現，理由如下，假如人性沒有變，就不可能產生什麼完美的烏托邦，假如人性變了，你所認定的完美烏托邦，卻又立刻覺得它不是那麼完美無瑕。」

注：19世紀的美國文壇怪傑、人稱「苦澀比爾斯」，安布羅斯．比爾斯（Ambrose Bierce）以短篇小說聞名，主題多半與死亡和恐怖有關。其中最具代表性是《魔鬼辭典》，一本極具諷刺意味的辭典。本書出版後，同時為他贏得盛名與罵名。但無論毀譽，這本書成為西方最經典的諷喻之作。

**經典名句**

- 我們之所以喜愛大自然，也許是因為自然不會憎恨我們，或妒嫉我們的緣故。
- 我們最喜歡炫耀的東西，常是我們所沒有的東西。
- 最聰明的生活是一面輕蔑時代的習慣，又毫不違反它地生活著。
- 傻瓜總是相信自己以外的人都是傻瓜。
- 自然所以美，是因為映在我臨終的眼。

# 11 人生不如一行波特萊爾

# 蜘蛛絲／阿呆的一生．芥川龍之介

良心並不像嘴上的鬍子一樣，隨年齡增長而增長。

作者．芥川龍之介

**關於《蜘蛛絲》**

一九一八年，芥川龍之介發表在《大阪每日新聞》的小說〈地獄變〉，震撼文壇，這一篇講述平安時代一段殘酷美學的逸事小說，奠定他在日本文壇不可撼動的地位。

這一年相繼刊行的重要作品，包括：發表在童話雜誌《赤鳥》的〈蜘蛛絲〉，引發讀者熱烈迴響，一時洛陽紙貴，讓他晉升日本當代文學家崇高的地位。

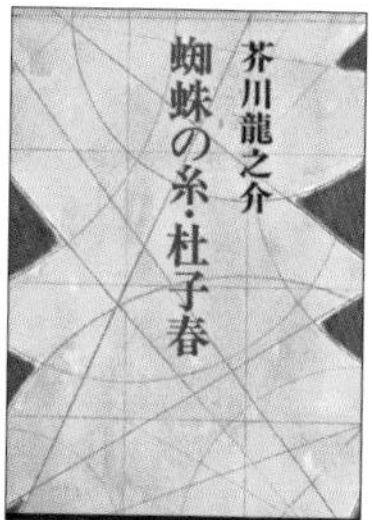

日文版《蜘蛛之絲》

日文版《阿呆的一生》

中文版《蜘蛛絲》

**中文譯本：**

・《蜘蛛絲・舞會・秋》，吳樹文／譯，二〇〇五年一月，志文出版。

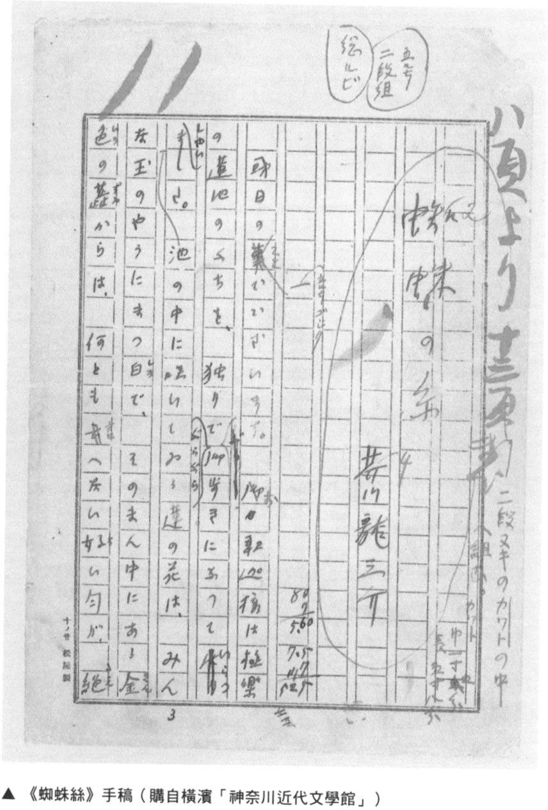

▲《蜘蛛絲》手稿（購自橫濱「神奈川近代文學館」）

小說描述，有個無惡不作的印度大盜犍陀多，往生後，在阿鼻地獄飽受折磨。釋迦牟尼佛在極樂世界見此情狀，記起盜匪生前曾經為善，不忍踩死一隻蜘蛛，算是善業。適巧，釋迦牟尼佛身處的寶蓮池有一隻蜘蛛，佛祖便取其一根蜘蛛絲，垂掛到阿鼻地獄，準備用來營救大盜脫離苦海；然而，當大盜打算攀爬蜘蛛絲離開地獄，一念之私，把搶著跟他一起攀爬的另一名罪犯踢落，蜘蛛絲因犍陀多惡念萌發，慘遭斷裂，犍陀多再度墜入阿鼻地獄。

這篇小說傳達佛教倫常，藉由文字說明，縱使只是些微的善念，也能算功德，蜘蛛絲雖纖細，卻是連結靈魂最高殿堂的極樂世界，以及最底層的阿鼻地獄之間的橋梁。犍陀多生前的一念之仁解救蜘蛛，後來又由蜘蛛絲解救犍陀多，確乎希望與救贖的表徵。但由於犍陀多踢掉另一名罪犯的一念之惡，讓他再度墮落到萬劫不復的地獄。

正如作者所言：「悲劇，就是自己所羞惡的行為，卻非做不可的意思。」

關於《阿呆的一生》

〈阿呆的一生〉是芥川自戕往生後，一九二七年發表於十月號《改造》雜誌的遺作。這篇非小說，以五十一則小章節，描寫自殺前的複雜心情，一方面恐懼自己是否遺傳有生母的神經病症？一方面又悲痛紀錄當時的心情。讀者或能從這篇遺作略窺芥川自殺的原因。

他，想起自己的一生，「內心湧現淚水與冷笑，在他面前的只有發瘋或自殺而已。」

他，為失眠所苦，不只如此，體力開始衰退，醫師分別對他的病下了幾種診斷──胃酸過多、胃弛緩、乾性肋膜炎、神經衰弱、慢性結膜炎、腦性疲勞……

他，除了醒過來那一次之外，頭腦就沒有清醒過；而且清醒的時間也只有半小時或一小時。他只是在微暗中過日子而已。

他，想把帶子綁在窗戶的鐵格子上，縊死自己，可是帶子一套在頸項，馬上湧現死亡的恐懼。接著，他再度嘗試縊死，於是在輕微痛苦後，一切就開始變得恍惚起來；他想，一旦通過這一關，一定可以進入死亡，他檢查懷錶，發現自己感受到痛苦的時間是一分二十幾秒。

他，曾打算和女友一起自殺，「不時想起死亡帶給他的平和」。〈阿呆的一生〉寫道：「電線仍然發出尖銳的火花。他環顧人生，並沒有什麼特別想要的東西，但只有這個紫色火花——只有這淒厲的空中火花，即使必須拿生命交換，他也會想去抓住。」這就是芥川，見到雨中的漏電，會發出喟歎聲。還說：「盛開的櫻花在他眼裡，就如一排破布般憂鬱，而他在那些櫻花身上，不知不覺看到自己的影子。」

**經典名句**

- 人生還不如波特萊爾的一行詩。
- 眾神很不幸，無法像我們可以自殺。
- 不論他是什麼城市的人，他必須在靈魂深處堅持他是一個野蠻人。
- 他的臉好像沐浴在月光下。
- 天才和我們只有一步之遙，為了理解這一步，必須先了解「行百里者半九十」這個超數學。

12

行蹤詭祕的蒙面劍客

# 鞍馬天狗・大佛次郎

欣焰再翩翻，忽現異仙身；揮傘指路謝，辭隱不餘痕。

作者・大佛次郎

一八九七年出生神奈川縣橫濱市英町的大佛次郎，原名野尻清彥，年少就讀東京府立一中、一高；一九二一年，從東京帝國大學法學部政治系畢業，被派往鎌倉高等女校任教國語、歷史，課餘翻譯外國小說，著名的日文譯作為一九一五年諾貝爾文學獎得主羅曼・羅蘭的系列作品。

一九二二年，轉往外務省條約局任職；一九二四年陸續發表短篇小說〈隼之源次〉與〈鞍馬天狗〉。豈料，《鞍馬天狗》甫出版，人人爭相閱讀，造成全民搶購熱潮；此後，暫停教課、翻譯，專事小說創作，作品大都以富於傳奇色彩的歷史事件為題材，如《晴天陰天》、《赤穗浪士》、《由比正雪》、《霧笛》、《乞食大將》、《幻燈》、《清白的姐姐》、《雪崩》、《歸鄉》、《宗方姊妹》、《旅途》、《江戶的晚霞》、《幽靈船》、《大佛炎上》、《巴黎燃燒》等十餘部現代小說。

愛貓的大佛次郎於一九六〇年獲選為日本藝術院會員，一九六四年獲政府頒發文化勳章，一九七三年因轉移性肝臟癌去世，享年七十五。出生地橫濱市港見丘公園建有大佛次郎記念館。提起大佛次郎，不免聯想《鞍馬天狗》，其系列電影於一九五〇、六〇年代，撫慰不少臺灣小孩到戲館看「天狗」的期盼心情。

## 關於《鞍馬天狗》

拿歷史題材為寫作背景的傳奇小說《鞍馬天狗》，與書名同名的主角，是匿名的討幕派忍隱武士，因內心仇恨幕府霸權，遂以蒙面之姿行俠仗義，專事對抗幕府新選組。作者塑造「鞍馬天狗」這個武術高強，如超人般可以飛天遁地的人物，是吸引讀者的重要元素；全書隱藏抵制獨裁主義的意圖，使人讀來著迷。因為受到萬千讀者熱烈回應，這部小說後來又以同樣角色，各種不同樣貌，持續連載三十五年之久，並被改編成難以數計的電影、電視各種視聽覺形式。「鞍馬天狗」日後成為日本家喻戶曉的知名人物。

天狗，原是日本廣為人知的妖怪之一，最早記載「天狗」的《日本書紀》描述，一名僧人無意間聽聞天空傳來一陣奇怪聲音，接著，又出現一團會動的東西，從頭頂掠過，彷彿夜空一閃即逝的流星；記述者將這團會動的飛物，用「天狗」形容。另外，平安時代的《今昔物語集》記載，天狗會幻化成佛、僧、聖人的形象，或附在人類身上。

天狗的具體形象究竟如何？多數日本人的印象，天狗長有一隻高大、圓滾的紅鼻子，好似長鼻猿，體型碩大，手持團扇，能自由在天空飛翔，尖銳的嘴巴如刺刀，可隨意攻擊人類。古代日本人叫天狗為「鴉天狗」。宮崎駿的動畫電影《神隱少女》，湯婆婆和錢婆婆這對孿生姊妹的造型，靈感源自鴉天狗。傳說天狗會把迷失在森林的小孩拐走，因此日本古代稱被拐走的小孩叫「神隱」，顧名思義就是被神明藏起來。

▲ 京都鞍馬山鞍馬寺

▲ 橫濱市大佛次郎記念館

**文學地景：**
**京都：**鞍馬山、鞍馬寺。
**橫濱：**大佛次郎記念館。

▲ 鞍馬車站前天狗雕像

▲ 鞍馬車站一景

大佛次郎的《鞍馬天狗》，小說景點設定在京都近郊鞍馬山，小說背景年代為德川幕末時期。行俠仗義的情節，顛覆日本人印象中的天狗模樣，尤其後來陸續出版的系列書刊，以及以《鞍馬天狗》為名的漫畫和電影，越發成就其小說的文學地位。

從一九五一年起十年間，以「鞍馬天狗」為名的著作和電影橫掃日本，其中包括：《鞍馬天狗之御用盜異聞》、《鞍馬天狗之白馬の密使》、《新鞍馬天狗之東寺の決鬥》、《鞍馬天狗と勝海舟》、《鞍馬天狗之青面夜叉》、《鞍馬天狗之疾風雲母坂》、《鞍馬天狗之青銅鬼》等數十部。自此以後，「鞍馬天狗」一詞即與大佛次郎的名字緊密結合，成為當代日本文壇和影壇話題。

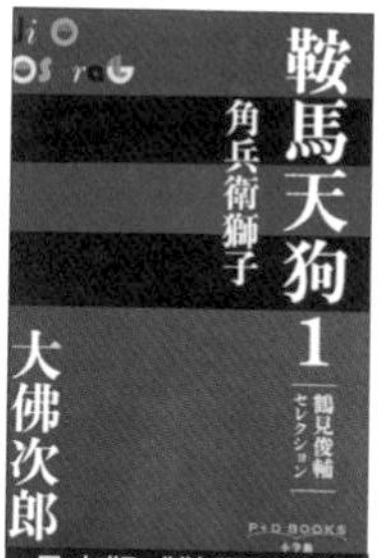

日文版《鞍馬天狗》

中文版《鞍馬天狗》

**中文譯本：**

- 《鞍馬天狗》，一九七九年六月，武陵出版。

**延伸閱讀：**

- 《赤穗浪士》：大佛次郎／著，描寫江戶時代浪人堀田隼人的虛無主義，影射昭和初年普遍的社會思想傾向。NHK大河劇改編自同名小說。
- 《歸鄉》：大佛次郎／著，透過一名亡命軍人於戰後歸國，見到故鄉不堪卒睹的慘狀，最後選擇忍痛離開故土，前往國外生活的黯然情事，全書反射日本戰後社會蕭瑟與混亂的多面，字裡行間不時宣揚世界主義思想，蘊含濃厚的異國情調。

13
# 同禪一脈相承的虛空

## 千羽鶴・川端康成

罪責也許不會消失，悲哀卻會過去。

作者・川端康成

一八九九年六月十一日出生大阪北區此花町，天滿宮對街矮房的川端康成，兩歲時，醫生父親榮吉感染肺結核辭世，他跟隨母親遷居大阪西成郡豐里村，母親的娘家黑田家生活；翌年，母親同樣罹患肺結核病逝，委由祖父母領養川端，寄居舅父黑田家，唯一的親姊姊則寄養姨母家。

幼年孱弱多病的川端，為了健康，少與外界接觸，生活封閉，造成他憂鬱、扭曲的性格。七歲到十歲四年間，祖母因病去世，姊姊罹患熱病，併發心臟麻痺夭折，僅留病重的祖父三八郎，由他照料；他獨守病榻，不時誦讀《源氏物語》感時傷事、帶著哀傷的詞句聊慰祖父，一邊以此驅遣心中傷感，後來，把祖父彌留的情景記錄下來，寫成〈十六歲的日記〉。

一九一二年，以第一名成績考進大阪府立茨木中學，開始接觸文學，博覽文藝雜誌，並嘗試提筆寫作。

他把志願設定在藝術與文學創作，這種崇高意願，竟成靈魂血脈中不可叛離的宿命，這些難以擺脫的宿命維繫他文學心靈不斷成長。由於少年面對幻變的無常生命，使他原已表現不俗的抒情文筆，更能穿透生死離合，讓家境變遷導致的悲慘命運，衍生為早熟的憂傷靈魂，深化他樸素、清寂和淒美的文學涵養。

自小孤寂的川端，雖則一再拒斥與現實社會接觸，卻又積極在文字世界裡編織自己想像空間的能量，閱讀《源氏物語》、《枕草子》這些平安時代的古典文學，深刻影響日後創作。他闡明寧靜幽玄的寫作風格，以及東方世界特有的人文情愫，對後代日本新文學運動發展帶來清新典範，評論家讚譽他是「新感覺派的文學家」。

十九歲，川端寫成膾炙人口的《伊豆的舞孃》，從此作品不斷，著名的《美麗與悲哀》、《山之音》、《雪國》、《千羽鶴》、《古都》等鉅著，不僅使他聲名大噪，多部小說相繼改編電影、電視劇，《伊豆的舞孃》先後六回搬上大銀幕、五回電視劇；《雪國》連續五回改編電視劇、兩回電影；《古都》三回電影、一回單元電視劇。

一九三五年，川端在《讀賣新聞》連載的隨筆寫道：「日本這個國家很糟，沒文學精神，沒文學傳統，乃是國土的罪孽。」太平洋戰爭爆發，他在《天授之子》寫道：「我在戰爭越來越慘時，每每從月夜松影裡嗅覺出古老的日本。……我的生命不是我一個人的，我要為日本美的傳統活下去。」又說：「戰敗後的我，只能返回日本古來的悲戚中去。我不相信戰後世態人心，不相信所謂風俗，或者也不相信現實那個東西。」他在象徵死亡的慘痛戰爭中邂逅永恆，認為：「只有回歸傳統，才能使自己得到解脫，進而使日本得到拯救。」

一九六八年十月十七日，時年六十九的川端，歷經無數生命波折與創作煎熬，憑藉《雪國》、《千羽鶴》、《古都》三本著作獲國際最高榮譽諾貝爾文學獎，且是日本榮膺這項殊榮第一人。

▲ 鎌倉圓覺寺佛日庵

**文學地景：**

**鎌倉：**鎌倉市、圓覺寺佛日庵、鎌倉鶴岡八幡宮、長谷觀音寺。

▲ 飲茶屋

▲ 戶外品茗看茶道

▲ 日本飲茶文化「茶道」

一九七〇年六月十六日，「中華民國筆會」主辦的國際筆會第三屆亞洲作家會議在臺北舉行，由當時會長林語堂主持，一九六八年甫獲諾貝爾文學獎的川端應邀出席，並在開幕做了一場精闢又生動的講演，講題「源氏物語與芭蕉」生動的內容與演說丰采，獲與會人士熱烈掌聲。

中年後舉家搬遷鎌倉長谷居住的川端，獨愛清靜，對佛教情有獨鍾，寫作之餘偏愛書法，漢字寫得活靈活現，但內心卻異常矛盾，對獲獎後帶來的榮耀和不斷湧現的仰慕者，心裡十分厭惡，這種反應或許與身為孤兒的封閉心理有關，加上情誼深厚的三島由紀夫切腹自戕的陰影揮之難去，他的心思經常沉落低潮。

一九七二年上半年，鮮少出現公開場合。豈料，才剛動完盲腸切除手術未及一個月的四月十六日夜晚，竟在長谷自宅含煤氣管自殺身亡，未留隻字片語，就連家人也無法理解位居文學界巨擘的川端，會用這種方式結束生命！

憂傷、矛盾過活大半輩的川端，自殺身亡前，曾對一樣自盡棄世的作家古賀春江的口頭禪大加讚賞，那句話是：「再沒有比死更高的藝術了，死就是生。」未料這句話巧成川端人生終極之言，這是繼三島由紀夫切腹自戕十七個月後發生的悲劇，時年七十三。

## 關於《千羽鶴》

以追求耽美與超自然美為題的《千羽鶴》，作者藉由茶道宗匠三谷菊治踰越悖德亂倫的禁錮，引起連鎖自殺和死亡事件，反映日本人對情愛的心理狀態，並以「茶道」象徵複雜多重的人際關係，隱喻糾葛的感情紛擾。本書被列為戰後川端的代表作。

作者描述菊治於父親死後，應邀參加亡父生前的情人栗本千花子舉辦的茶會，巧與父親另一情婦太田夫人見面，隨之發生不倫，事後太田深感內疚，認為自己罪孽深重而自殺；其間，千花子百般心計湊合菊治和徒弟稻村雪子結連理，他厭惡千花子，對她刻意安排與雪子的婚事，感到厭煩，心裡只惦念死去的太田。太田的女兒文子，對母親越軌行為感到羞恥之餘，卻在菊治前往弔喪後，與之往來。兩人在極度矛盾與病態心理交迭下，於太田自殺身亡後七天，文子攜帶母親遺物，志野的杯壺前去探望菊治。單獨相處後，他對太田的眷戀

日文版《千羽鶴》

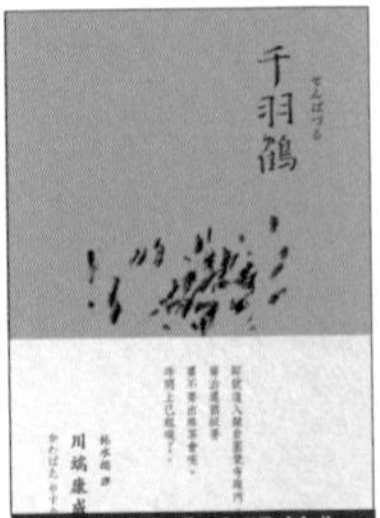

中文版《千羽鶴》

**中文譯本：**

・《千羽鶴》，林水福／譯，二〇一七年二月，木馬文化出版。

之情，不由轉移到文子身上，兩人互相愛慕，繼而發生不尋常關係。

自此，菊治一意走出自以為醜惡的心靈帷幕，不再掛慮文子是太田的女兒；他開始用心理解，文子不會是太田轉世，她既是獨立自體的存在，也是他命運的主宰。可當他打開心結，急欲會見文子，她卻悄然外出旅行，消失蹤影，最後菊治以甩開千花子的糾纏為由，外出尋找文子……。

《千羽鶴》的描述手法與情節因緣，被學者認為與平安時期的古典小說《源氏物語》的主角光源氏相似，一生交錯在悖德與亂倫的因果關係。

日本評論家山本健吉說：「讀這篇小說，令人不禁要問，究竟主角是太田夫人？抑或是志野的茶杯？好像是茶杯的妖精那樣，太田冒出一種妖氣。夫人死後，菊治想要記起夫人的肉體，但是甦生出來的，卻好像只有陶醉於香味的觸覺而已。」

譯作家林水福教授說：「菊治和父親都與太田夫人有肉體關係，自然讓人聯想到《源氏物語》裡，桐壺帝和兒子光源氏對藤壺的關係；而太田夫人和文子都跟菊治有關係，也讓人想起《源氏物語》裡，夕顏與女兒玉鬘都曾是光源氏的愛人。」

川端在《千羽鶴》對太田與菊治超乎道德規範的行為、菊治的父親與太田和栗本千花子之間並不自然的情慾，或他們彼此對倫理的態度等，寫來十分含蓄，連心態都以朦朧筆法詮釋。

日文版《山之音》

**延伸閱讀：**

・《山之音》：川端康成／著，葉渭渠／譯，木馬出版。
敘述男主角信吾一家人錯綜複雜的關係，尤其信吾愛戀美麗媳婦的微妙心理，作者以交錯的人性關係，編織莫可奈何的暗翳悲懷，更迭出寒芒的悲哀情結。

如此看來，川端寫作《千羽鶴》的信念，彷彿意圖表現愛情與道德的衝突，他既寫出自然的情愛，又為傳統道德所苦；另方面，既無法排解情感的矛盾性，就不以傳統道德來規範小說人物的行為，偏要超越傳統道德的框架，再從反叛中尋找屬於自己的道德標準來支撐愛情，並以頹唐的表現維繫愛慾之情。也許這正是川端自幼受死亡陰影困擾，才藉由文字將這種精神和情慾的不安組合，導致小說人物的性愛呈現放蕩不羈的狀態！

**經典名句**

- 與其說昏暗而看不見，毋寧說在黑暗中的記憶看得更清楚。
- 也許愈親近、深愛的人，就愈難描繪出來。而愈醜惡的東西，就愈容易明確地留在記憶。
- 這不是弄髒悲傷的淚珠，而是洗刷悲傷的眼淚。
- 死了的人是不會強迫活著的人接受道德的。

# 美麗與哀愁・川端康成

在八葉蓮花中與佛陀對話的姿態畫成的畫。

作者・川端康成

## 關於《美麗與哀愁》

小說描繪，居住北鎌倉，五十五歲的小說家大木年雄，某日，心血來潮搭車前往京都，與分隔多年的情婦，畫家上野音子重逢，並和音子的女弟子慶子，三個人一起前往知恩院聆聽除夕祈福鐘聲作為書文引子；作者用車廂內五把旋轉椅暗示因緣糾葛、情緣錯離，一段圍繞在五個人之間，紛亂的畸戀情愛。

小說敘述十七歲的女畫家上野音子，喜歡上早有妻兒，名不見經傳的作家大木年雄，並跟他發生不倫關係；不久，懷了孩子，遺憾嬰孩早產夭折，音子無法忍受喪子悲痛，遂欲自殺；自盡不成，被送往精神病院治療，兩人從此離異。

兩年後，大木把這段婚外情寫成小說《十六、七歲的少女》而成知名作家，他的妻子文子為該書打字，讀到某段情節，字字刺痛心扉，後因過度傷心導致流產。所幸小說獲得各方好評，夫妻間的嫌隙轉趨平和；原本育有長男太一郎的家庭，再添一女。

另一邊，音子隨母親搬遷京都定居，音訊全無；京都寧謐安詳的生活，促成音子對佛畫產生濃烈興趣，全心將佛法清澈的形象投射在「火中蓮花」。作者甚至以此做為篇名，意喻「火中生蓮花，愛慾示正覺」，旨在傳述川端對佛教美學的意識。

「雖然是花季，但由於下雨，嵐山遊客少得驚人——這也是音子認為『下雨也好』的理由之一。那如煙似霧的春雨把河流對岸的山巒妝點得優雅而秀美。細

日文版《美麗與哀愁》

志文出版《美麗與哀愁》

**中文譯本：**

·《美麗與哀愁》，林水福／譯，二〇一八年四月，木馬文化出版。

▲ 京都知恩院三門（日本最大的寺院山門）

**文學地景：**

**京都：**知恩院、鐘樓、嵐山、琵琶湖。

**鎌倉：**北鎌倉、江之島。

**大阪：**茨木市川端康成文學館。

▲ 知恩院鐘樓（與方宏寺、東大寺並稱日本三大鐘）

▲ 大阪茨木市川端康成文學館

雨迷濛，不打傘也感覺不到身子被淋濕。雨絲未及落入河流水面，便消失得無影無蹤。翠綠的嫩葉夾雜櫻花的山巒，樹枝萌發新葉的各種顏色在細雨中顯得柔和。因為細雨而增色的不僅是嵐山，苔寺和龍安寺也是如此。」作者描繪。

多年後，音子雖然成為小有名氣的畫家，但年華卻在無聲寂靜中逐漸老去。二十四年後，他從雜誌報導得知，音子的母親過世，她跟入門女弟子慶子住在一起。年輕的慶子擁有令人驚豔的美貌，心靈卻充滿魔性，她被音子的氣質與畫作吸引，慕名而來；甚至清楚音子與大木過去那段畸戀，為替音子報仇，私下勾引年邁的大木，以及他的兒子太一郎。

慶子根本是愛慕音子，當得知音子的內心依然深愛大木，某天，為了讓他了解音子的畫作，刻意找藉口去北鎌倉，他邀請慶子到江之島的飯店，慶子誘惑

封面為東山魁夷的畫作

**延伸閱讀：**

・《探索日本之美》：封面為東山魁夷的畫作，東山魁夷／著，講談社出版。
本書收錄日本國寶級畫家東山魁夷的隨想、講演紀錄，是作者一生探索什麼才是真正「日本美」的精神，一本充滿昂揚探尋而生的作品；隨想筆記有：「心鏡」、「自然與色彩」；演講稿有：《大和之美》、《兩個故鄉之間》等，他的日本之美存在鄉愁、象徵、無常、感受性、單純化、裝飾性、對稱、映像。

大木巫山雲雨；愛撫時，慶子故意大聲喊出音子的名字，讓他掃興不已。慶子的舉止無非要替音子復仇，同時把目標指向太一郎，她邀他搭乘琵琶湖汽艇遊湖，不幸發生意外，船沉湖底，慶子獲救，太一郎溺斃。

慶子替音子復仇的真正目的，只因愛戀音子……。

「充滿悖德的哀傷，獨特的世界觀綻放出獨特的光芒，用京都的美麗風景沖淡主角們交錯複雜的關係，是川端康成藝術性的展現。」讀者閱後反應。另一回應：「沒有幾個作家能超越川端康成將性愛描寫得如此絕美，而他描寫風景的優美一貫的細緻又高雅。」

**經典名句**

- 自殺不可怕，比自殺更可怕的是失望和厭世。
- 美麗與悲哀中，女人的恨，不就是愛嗎？
- 我們的愛無法存在道德裡，愈受規範的愛使我更加愛你。
- 我願承受愛情的美麗與悲哀。

15

## 喚不回的青春悲歌

# 睡美人・川端康成

她熟睡了，就什麼也不知道。就連跟誰睡也……這點請不必顧慮。

作者・川端康成

### 關於《睡美人》

在深紅色窗簾圍繞的房間裡，躺著被藥物麻醉而昏睡的年輕裸女；坐在一旁過夜的老人，靜靜凝視女人睡著的青春肉體，像是面對即將來臨的死亡。這種既迷離又朦朧的枯澀，就算不是停止也是喪失了生命的時間，如黯淡情緒沉入無底深淵一般冷然。

《睡美人》是川端康成晚期小說最詭異的一章，表現受性愛煎熬的強烈慾望與老人內心低迴的情思，有如熟透的果實特有的腐朽味，讓人感受戰慄的情

▲ 京都美人

日文版《睡美人》

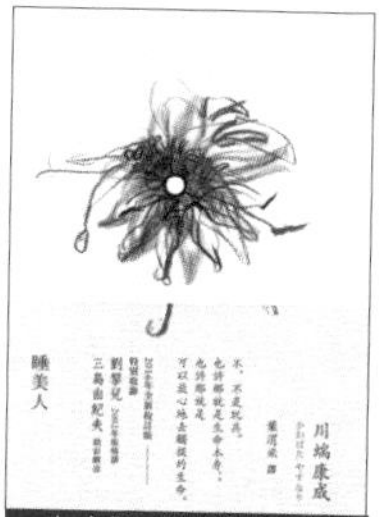


中文版《睡美人》

**中文譯本：**

・《睡美人》，葉渭渠／譯，二〇〇二年一月，木馬文化出版。

▲ 京都美人

愛。

小說敘述一位家有三個已出嫁的女兒，妻子管得嚴，尚有一點性能力的老人江口，先後多次到一家位於崖邊，私密的妓院過夜。這家妓院專門為喪失性能力的老人而設，讓長得好看的女人服藥後，赤身裸體躺在妓館臥鋪，呈現昏迷狀態，然後像個玩偶，供已毫無性能力的糟老頭「欣賞」，這是一種使老人「性心理」獲致安心的誘惑。

奇妙的是，整個夜晚，臥房發生任何事，睡美人全然不知。等到第二天清早，老人離開後，她們才會逐一甦醒。

小說開頭，敘述江口老人還沒見到睡美人時，妓院女人再三說明：「到這裡來的客人都能夠完全放鬆心情。」她天真的把他看成是個完全喪失性能力的老人，「然而，江口老人從年輕時代就樂好此道，所以並不像這女人說的，是可以放鬆心情的客人。」他打算破壞這家妓院花錢只能看睡美人，不能在睡美人身上動手腳做什麼的禁忌，「他是可以做得到的。」作者寫道。

老人的身旁、女人的肌膚、年輕的胴體、標緻的肉體，不斷重置、再生、橫流。可憐的老人未竟的夢中憧憬，開始對無法挽回的流逝歲月追悔起來，所有妄想，包括對青春、美貌、肉體的猥褻意識，一一流露，是罪惡嗎？病態嗎？還是神話？一切都隱蔽在祕密的臥房裡。

小說家三島由紀夫評論說：「這是一部毫無疑問的傑作，保有形式上的無瑕之美，同時也散發果實熟透之後的腐敗芬芳。」

與日本文壇第一人川端康成有深厚情誼的日本畫壇第一人東山魁夷，形容川端文學與美學，闡述：「以大跨度步履從日本的混亂中堅定支撐日本文化的精髓。」又說：「談論川端先生，勢必觸及美的問題。誰都要說先生是美的不

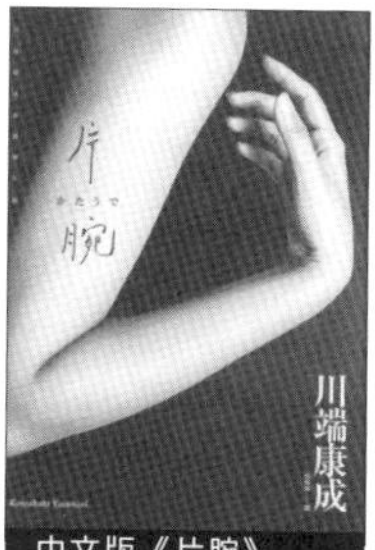

中文版《片腕》

**延伸閱讀：**

・《片腕：川端康成怪談傑作集》：川端康成／著，邱振瑞／譯，大牌出版。
收錄二十四篇川端的經典短篇小說，窺探文豪內心世界的愛戀、孤獨與悖德。體現日本最詭譎幽玄的奇異美學。

懈追求者、美的獵手，能承受先生銳利目光凝視的美，實際上不可能存在。但先生不僅捕捉美，而且熱愛美。我想，美是先生的休憩，是其喜悅、安康的源泉，是其生命的對應。」

**經典名句**

- 她有陽光般的金髮，唇紅如愛情花。
- 也許人世間的習慣與秩序，使他們的罪惡意識都麻木了。
- 黑夜給我準備的，是蟾蜍、黑犬和溺死者。
- 人與人之間的厭惡，夫婦之間最有切膚之感，實在令人生畏。假如它變成憎惡，那就是最醜陋的憎惡了。
- 那不是容貌醜陋的問題，而是女人不幸人生的扭曲所帶來的醜陋。
- 愛情來臨時，你永遠不知道等待你的是甜蜜還是痛楚。

16

貧窮與青春的放浪舞曲

# 放浪記・林芙美子

我是個宿命論的放浪者，沒有故鄉。

作者・林芙美子

一九〇四年五月出生北九州門司區小森江的林芙美子，生父宮田麻太郎，四國伊予人，從事和服買賣；母親的娘家在九州櫻島經營溫泉旅館。母親嫁了外地人，浪跡鹿兒島，最後落戶山口縣下關。七歲，母親改嫁，生活艱困，與母在北九州礦區叫賣一個一錢的紅豆麵包、扇子。

她說：「從我父母那時開始，便失去故鄉。因此，旅途就是我的故鄉。」

貧困家境讓她不愛到學校上課，經常輟學，加上個性倔強，實在很難受同學歡迎。「四年中轉學七次；我沒任何堪稱親密的朋友。」她說：「那時，我穿起流行的薄毛布衫改良服裝，每天由雅號雜糧店小客棧步行到南京街附近的小學。此後，依次轉學，移居佐世保、久留米、下關、門司、戶畑、折尾等地。」

一九一八年，進廣島尾道市立高等女學校就讀，以秋沼陽子為名在當地報紙發表短歌、詩作。高中畢業，跟著一名男大生私奔，才到東京不久，就被甩了。其後十年，做過幫傭、藥店助手、糖果工廠女工、擺地攤，混跡餐廳當「自甘墮落」的女侍……只要不用挨餓，什麼工作她都願意做。

後來又與新劇演員及詩人同居。跟男人同居並未討到好處，反而把賺來的錢拿去支付同居人的開銷。極盡心力討好那些她認為有才華的男人，結果每一段關係都沒好下場。

期間，她嚮往進入文學圈，不管生活多苦，都持續閱讀、投稿；窮到連棉被都得拿去典當，存了點錢，竟把錢花到和朋友合出詩集。

關東大地震後，與父母回到尾道與四國避難，開始使用筆名美子撰寫日記體故事，這是《放浪記》原型。一九二四年回到東京，一九二六年與畫家手塚綠敏結婚，一九二八年十月到隔年十月，自傳體小說《放浪記》在《女人藝術》連載，成為炙手可熱的文壇新銳，正式進入文藝圈。

一九三七年南京保衛戰爆發，她以每日新聞社記者身分親臨現場。隨大環境轉變，她的政治傾向也跟著改變，先是資助左派分子，當日軍攻進南京時，又毫不顧忌坐到南京城牆，讓攝影記者拍照，成為日本報紙頭條新聞。這支隨隊「記者團」，分明是為軍國主義宣傳的「筆部隊」，喜出風頭的她，於此遭受爭議。

當上名人的林芙美子，在中國期間，刻意拜訪魯迅，還應總督府之邀到臺灣，甚至遠赴巴黎過著穿皮草的奢華生活；無視已婚，仍熱烈追求外國畫家；「最令人看不過去的是，身為軍隊宣傳作家的她，在日本投降後，居然開始寫起反戰小說。」臺灣作家傅月庵說道。

「從林芙美子的成長過程來看，她會這麼做並不難理解。」傅月庵說：「她會把『如何生存下去』擺在最重要的位子，寧彎不折。」

▲ 尾道商店街林芙美子記念館

▲ 廣島尾道《放浪記》記念碑

**文學地景：**

**東京：**新宿區，林芙美子記念館，二戰後至逝世的舊居。

**門司：**林芙美子誕生地紀念文學碑，北九州市門司區小森江淨水場附近，一九七四年設立，碑刻詩作《掌草紙》。

**門司：**林芙美子資料館，北九州市門司港車站附近的舊門司三井俱樂部内。

**長野：**林芙美子文學館，長野縣山之内町角間溫泉，一九九九年開館，二戰期間與丈夫居所。

**廣島：**林芙美子資料館，北九州市門司港車站附近的舊門司三井俱樂部内。

▲ 尾道文學館林芙美子文學室

▲ 尾道商店街林芙美子雕像

一九四二年十月至隔年五月，以新聞記者身分前往法國、新加坡、爪哇、婆羅洲「採訪」。一九四四年，移居長野縣山之內町上林溫泉；一九四五年返回東京，定居新宿區下落合；一九五一年六月二十六日，從餐廳返家後，突感身體不適，翌朝，心臟痲痺不治，享年四十七。

七月一日，於自宅舉行告別式，治喪委員會主任委員川端康成在葬禮致辭時，對前來弔唁的文壇人士語重心長地說：「人都已經走了，她寫了這麼好的作品，就原諒她吧。」

後半生淨在想辦法搶「文壇一姊地位」、搏新聞版面，爭議嚴重的林芙美子，不能否認，認真寫作、超時工作，終焉完成著作《浮雲》、《放浪記》。

日文版《放浪記》

中文版《放浪記》

**中文譯本：**

・《放浪記》，魏大海／譯，二〇一六年四月，新雨出版。

日文版《浮雲》

延伸閱讀：

・《浮雲》：林芙美子／著。作者生前最後一部小說，用冷徹筆觸描寫醜陋人性，毫不避諱刻畫戰後日本人的心態。一九五五年改編同名電影，被評為二十世紀日本最佳電影第二名。

## 關於《放浪記》

她從九州來，僅有貧困相伴，憑藉描寫昭和女性私己生活的《放浪記》，掀起日本文壇巨浪。

林芙美子的處女作《放浪記》，一九二八年在《女人藝術》連載；是日記體私小說，狂銷六十萬冊，使她一舉成為炙手可熱的作家。「我是個宿命論的放浪者，沒有故鄉。」成名後，剖析身世，她說：「私生子也應該活下去，我應當為活著而活下去！」

出版《放浪記》，讓她被媒體喻稱「昭和時代女性書寫第一傑作」，時年二十五。「放浪」指浪跡；放縱不受拘束。《放浪記》記述她四處浪徙、漂泊流離的生活，是以怎樣的態度面對屈辱與貧窮，如何在社會底層掙扎過活。文字細膩捕捉心靈中並存的美麗與醜陋。她的作品，大都圍繞自由奔放的女權主義和心理困擾為主題，《放浪記》三度改編電影，多次改編同名舞臺劇。

一九八〇年代，評論家認為女性文學雖感傷，卻廣受歡迎，應該單獨類別。德裔美籍心理分析學者埃里克森認為，其人作品，清楚表現人性，不限女性，也包括底層社會的人物。

本書暢銷後，市面出現眾多與「放浪記」相關詞彙，「酒場放浪記」、「麻雀放浪記」、「和菓子放浪記」、「屋臺放浪記」、「昭和放浪記」、「霧島放浪記」、「冤獄放浪記」、「落語放浪記」、「夜の放浪記」……。臺灣中文版由作家王盛弘推薦、導讀。

**經典名句**

- 我是個宿命論的放浪者，沒有故鄉。
- 我長得那麼醜，幹嘛不去做妓女算了。
- 花的一生極為短暫，多勞就有多得。

17

鑒真與日本僧人的故事

# 天平之甍・井上靖

既然大家不去，那麼我就去。

作者・井上靖

一九〇七年，井上靖出生父親井上隼雄任職第七師團軍醫部的北海道旭川町，原籍靜岡縣田方郡上狩野村湯の島。五歲離開旭川町，回到家鄉伊豆，由曾祖父的妾室加乃撫養。

一九一四年進入湯の島小學，就讀二年級時，母親的妹妹美琪從沼津女子學校畢業回故鄉，受聘湯の島小學擔任代課老師。美琪疼愛井上靖，他也喜歡年輕貌美的姨媽。心目中，美琪替代遠在旭川町的母親形象，他把對母親的思念轉化成對姨媽的喜愛。

▲ 奈良唐招提寺

**文學地景:**

**奈良:** 唐招提寺、唐代律學大師鑑真坐像、東山魁夷繪御影堂障壁畫。

**伊豆:** 井上靖文學碑、湯の島井上靖慰靈詩碑、「伊豆の森」井上靖舊邸。

▲ 唐招提寺石碑

▲ 東山魁夷繪，唐招提寺御影堂障壁畫

後來，美琪愛上學校一位男同事，懷孕後辭職離校。懷有身孕的姨媽為了避人耳目，趁夜搭人力車私奔。這段感人情節，出現在他日後寫作的《拉車的白馬》。美琪出嫁不久因病去世，她青春美好的影像始終留在他心中，衍生成永恆的女性偶像。

這種對母親的思念，輾轉寄託在姨媽身上的情誼，井上靖將之表現在《射程》的三石多津子、《冰壁》的美那子、《風林火山》的由布姬和《灰狼》的忽蘭，這些令人憧憬的溫柔女性，幾全溯自姨媽的形影。

中學二年級，父親轉任臺北衛戍區病院院長，他轉校到沼津中學，寄居三島市伯母家。緣由於離開雙親的約束，他的成績一落千丈，四年級時被送到沼津的妙覺寺寄宿，個性變得懶惰。期間，學會抽菸、喝酒，結交不少愛好文學的朋友，文學寫作開始在心中萌芽。

一九三〇年，進入九州帝國大學法文系就讀，興趣所致，兩年後重新考進京都帝大文學系哲學專科，專攻美學。由於中學時期接觸中國歷史、文化，進大學後，自發性廣泛涉獵中國文史，閱讀《史記》、《漢書》、《後漢書》等史籍。一九三七年中日戰爭爆發，受召入伍，去到中國河北，四個月後因腳氣病發作返國，同年除役。

戰爭結束後，陸續在雜誌和報紙發表詩作，一九五〇年以小說《鬥牛》獲芥川賞。一九五八年處女詩集《北國》問世，之後，相繼出版《地中海》、《運河》、《季節》、《遠征路》、《乾河道》、《星欄杆》多部詩集。

二十世紀一九四〇年代末期，從事歷史小說創作，描寫敦煌千佛洞由來的《敦煌》、講述成吉思汗的《灰狼》、以朝鮮人立場描寫元寇的《風濤》、追溯大黑屋光太夫漂流生涯的《俄羅西亞國醉夢譚》等作品，奠定他成為歷史小說家的地位。其歷史小說的內涵，流動省思人物虛無飄渺的命運，《樓蘭》如是，《崑崙之玉》如是，《羅剎女國》亦復如此。

一九五八年以《天平之甍》獲藝術選獎；一九七六年獲文部大臣賞。

跟司馬遼太郎同樣被列為中國歷史小說創作專家，一生走訪中國二十七次；

一九八〇年，高齡七十三歲的井上靖，受邀擔任ＮＨＫ電視臺《絲綢之路》藝

▲ 伊豆現代文學博物館內的井上靖舊居

▲ 井上靖舊居內室

術顧問，與日本廣播協會、中國中央電視臺攝製人員，在戈壁驕陽和大漠風沙中追尋絲路古道。他不僅讓自己成為中國歷史專家，更掀起一陣世界性的「絲路」熱潮。

一九九一年一月二十九日，因病去世，戒名峰雲院文華法德日靖居士，葬於伊豆市湯の島，葬儀委員長司馬遼太郎。

熱愛西域文化的井上靖，著作上百冊，小說、詩歌、隨筆、紀行，包括：《流轉》、《夏草冬濤》、《流沙》、《孔子》、《風林火山》、《敦煌》、《旅路》、《天平の甍》等。

## 關於《天平之甍》

發表於一九五七年的歷史小說《天平之甍》，藉由日本僧人戒融、榮叡等赴唐王朝留學，邀聘名僧鑑真赴日傳教，敘述鑑真耗時十餘年，第六度才成功渡海日本傳播佛法與大唐文化的歷程；作者以生動筆觸、典型的現實主義，塑造歷史發展規律的形象，更頌揚鑑真上人偉大、高尚的獻身精神，全書洋溢流暢的史實，生動感人，成為當代日本文學名作之一。

天平の甍，甍，音ㄇㄥˋ，屋脊之意。

《天平之甍》的歷史背景，是聖武天皇天平四年（西元七三二），相當於唐玄宗開元天寶年間。天皇指派第九批遣唐使，由多治比廣成率領，共五八四人，包括四名年方二十的隨行僧侶，遇事冷靜沉著的普照、開朗熱情的榮叡、性格軟弱的玄朗、磊落豪放的戒融，分乘四艘大船，遭大海惡劣環境的挑戰，

日文版《天平之甍》

日文版《天平之甍》

**中文譯本：**

- 《天平之甍》，謝鮮聲／譯，一九八六年，三三書坊出版。
- 《天平之甍》，張蓉倍／譯，一九九五年九月，花田出版。

一行人歷時九個月，終於抵達大唐名城洛陽。時值春天，金碧輝煌的宮殿與盛開的牡丹花相互輝映，使普照等人眼界大開，對唐王朝的文化欽羨不已。

這支龐大使節團，留學大唐期間，除學習佛法，還奉命邀請具三師七證的高僧到日本授戒，替大批流民為逃兵役賦稅而混進佛界，使得佛俗混亂、綱紀大墜的社會尋求澄明安定。

當代從大唐渡海東瀛難如登天，淼漫滄海，百無一至，沒人有氣魄和勇氣東渡，此中唯有一人毫不猶豫應允，他就是「江淮之間，獨為化主」的揚州高僧鑑真。

鑑真上人時年五十五，相貌堂堂，巍然如山，充滿大將氣概，其人額寬，

日文版《通往唐招提寺之路》

**延伸閱讀：**

- 《通往唐招提寺之路》：東山魁夷／著，新潮社出版。
  日本畫家、作家東山魁夷的散文作品，以作者前往唐招提寺參拜、作畫的沿途心情為主題，再以生動優美的文筆，具有深奧文學性及藝術性的精巧構思，創作出描繪心靈美、大自然之美的書。

眼、鼻、口皆大而穩定，頂骨秀氣，顎部似有厚實意志，順勢展開；四位日本留學僧人總感覺德高望重的鑑真簡直就是了不得的武將。

小說描述，鑑真答應東渡，從天寶二年開始出海行動，歷經十一年的第六次才告成功。其實，早在第五次渡海失敗後，鑑真的雙目因屢遭海風吹襲已告失明，直到六十五高齡抵日後，除弘佛教義、宣揚大唐文化，更在奈良建造「唐招提寺」，講授佛典、授僧戒律。

故事發展到後來，普照、業行、鑑真等人搭乘第十次遣唐使的船隻抵達日本，卻在途中遇上暴風雨，業行搭乘的船不幸遇難，其花費畢生精力抄寫的經文也跟著沉落大海，最後僅剩普照、鑑真等人平安踏上日本國土。

鑑真抵達奈良，對佛教弘法、建築藝術與中國文學的貢獻良多，尤以唐招提寺的主要建築「金堂」，不僅代表奈良時代的建築佳構，更以支柱的組織形式，成為後世日本主流建築「和樣」的典範。此外，鑑真對佛像雕刻、漢學著作、發揚梵唱，以及醫學知識的貢獻，均被列為永垂不朽的功績；鑑真逝世前，由弟子所刻木佛像為日本現存最古老的佛雕。

井上靖根據這段史實改寫成歷史小說《天平之甍》，他在書中誠摯而不脫現實的呈現鑑真東渡授戒的艱困歷程，以及堅持東渡日本弘教的精神，是書寫有成的歷史小說之作。

如今，鑑真建造的唐招提寺，由日本國寶級畫家、散文作家東山魁夷，自一九七一年起，約十年時間奉納襖繪完成御影堂六十八面障壁畫「黃山曉雲」，幽玄而自然的畫風，為典雅的唐招提寺帶來深沉美的意象。

**經典名句**

- 一切有為法，如夢幻泡影。如露亦如電，應作如是觀。——《金剛般若波羅密經》
- 這是為了佛法，縱然大海茫茫，又何必吝惜性命，既然大家不去，那麼我就去。

18

導進文學核心的書

# 日本文學史・小西甚一

將「雅」與「俗」作為文藝史基本理念，形成各個世代。

作者・小西甚一

一九一五年出生三重縣宇治山田市船江町的小西甚一，為一打漁人家。就讀宇治山田中學校、東京高等師範學校；一九四〇年，東京文理科大學畢業。歷任東京教育大學教授、史丹福大學客座教授、夏威夷大學與普林斯頓大學高等研究員、筑波大學副校長、美國國會圖書館常任學術審議員、筑波大學名譽教授等。

常年研究日本文學史、文藝理論、東西比較文學、和漢文學關係。主要著作有《梁塵祕抄考》、《文鏡祕府論考》、《能樂論研究》、《日本文藝史》

（五冊）、《俳句世界》等，對日本文學研究國際化貢獻良多。一九九九年獲文化勳章。

二〇〇七年五月二十六日，因肺炎病逝東京都西東京市病院，享年九十一。

## 關於《日本文學史》

異於一般日本文學史依政權所在的歷史時代區分，小西甚一的《日本文學史》主張應依內在於文藝本身而能制約文藝發展的本質，即以「雅」與「俗」為文藝史的基本表現理念或意識，考察兩者交錯互動而形成的世代區分。「雅」代表嚮往既成形式的態度，追求古典「完美」的境界；「俗」屬於尚未開拓的世界，無所謂「完美」或既成的固定姿式，卻含有「無限」的可能動向。

他在本書舉例談到《源氏物語》，說《源氏物語》乃先前的「物語」之大成，並非一氣而就，是短篇物語的積累，順序也非如今流傳的版本。他在本書章節區分「物語」與當代「小說」，說「物語」是散漫的，描寫周遭生活環境；而「物語」是圍繞一個中心或主題去挖掘。這樣的區分並未充足，但多少給「物語」這種體裁一個解釋。有意思的是，他分析《源氏物語》時，如何將其與「物語」區分。他說，雖然《源氏物語》存在一個主題或問題，即「宿世」與「道心」的問題，但作者寫作時會把周遭一切，即使跟主題無關的東西也寫進去。

本書前言特別提到：基於這種雅俗的表現理念，小西甚一把日本文學史分三個世代：古代是日本式的俗、中世是中華式的雅、近代是西洋式的俗。期間含有雅俗共存或混合的過渡時期。全書在論述過程中，每每從世界文學觀點，採取比較文學的方法，闡幽顯微，提出許多獨到的見解。哥倫比亞大學日本文學名譽教授唐納德・斬（Donald Keene）說，這是一本「導人進入文學核心」的書。

譯有日本漢學著作多種，包括吉川幸次郎的《元雜劇研究》、《宋詩概說》、《元明詩概說》，以及《平家物語》、松尾芭蕉《奧之細道》、《芭蕉

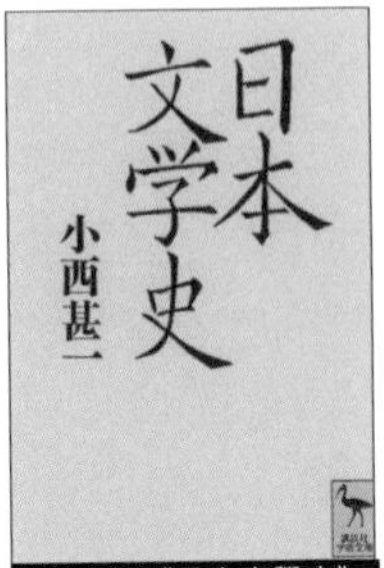

日文版《日本文學史》

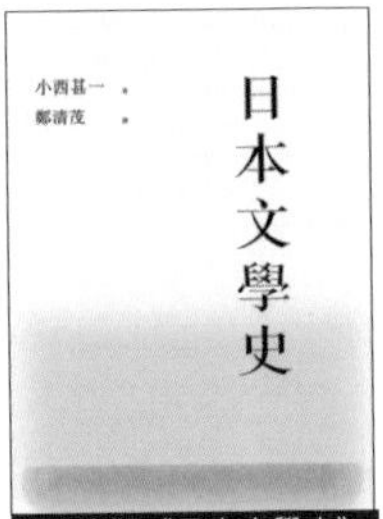

中文版《日本文學史》

**中文譯本：**

·《日本文學史》，鄭清茂／譯，二〇一五年十月，聯經出版。

百句》等日本古典名著的譯作家鄭清茂教授，提及翻譯本書動機，說道：「這本書雖然短小，卻能受到讀者的青睞，自有其所以引人之處。猶憶十七八年前，我託友人從東京購得了小西先生的整套《日本文藝史》，仍在瀏覽之際，偶爾在臺北紀伊國屋書店看到了這本小書，就順便買來看了。看了之後，覺得在許多同類著作中，的確別具一格、富於創意，頗能引人入勝。」

本書章節依序：

**第一章古代**／萌芽時代、古代國家的成立及其文藝、萬葉世紀、古代拾遺。

**第二章中世第一期**／漢詩文的隆盛與和歌的新風、散文的發達、拾遺時代與白詩、女流文藝的全盛期、歌壇的分裂與統一、院政時期的散文作品、歌謠及演藝。

第三章中世第二期／歌壇的再分裂、傳統散文與新興散文、以能樂為中心的演藝、連歌的隆替、當期末業的散文。

第四章中世第三期／俳諧的興隆與芭蕉、浮世草子與西鶴、淨瑠璃的新風與近松、逃避精神、俳諧的現實游離、戲作文藝、歌舞伎的展開。

第五章近代／近代的歷史地位、啟蒙時代、擬古典主義與浪漫主義、自然主義的流派、主智思潮及其支流。

19

五番町夕霧樓的悲歌

# 五號街夕霧樓・水上勉

僧人正順亟欲脫掉袈裟，去扶救落入妓院苦海的夕子。

作者・水上勉

一九一九年三月八日，出生福井縣大飯郡本鄉村的水上勉，幼時家境窮苦，父親為一木匠，一家七口生計潦困，常常生不起火、揭不了鍋。

九歲，他被父親送往京都臨濟宗寺院相國寺塔頭瑞春院、等持院當和尚。幾年後，難耐修行生活，逃出寺院，憑藉自己的力量，半工半讀就學於舊制花園中學校；不久，進入立命館大學文學部國文學科就讀，最後仍因經濟困窘，中途退學。期間，從事送報、賣藥、編輯等三十幾種工作，對下層社會的生活極為熟識。

這段青春時代艱困的生活，全讓他寫入《雁の寺》與《一休》二書中。

二十歲那年，加入義勇軍參戰，因肺疾吐血被遣送回國。二次世界大戰結束，受聘擔任《新文藝》雜誌編輯，期間照樣寫作投稿。三十歲出版生平第一本書《油炸鍋之歌》，這本純文學小說非但乏人問津，毫無迴響，更難以替他解決貧困生活。

為了剛出世小孩的生計，他決定改換工作，先後做過新聞記者、廣告代理人、時裝推銷員、麻將店員……等，貧窮讓他嘗盡艱難的生活。

一九五七年，三十八歲的水上勉無意間讀到松本清張的《點與線》，決定不再從事純文學創作，轉而寫起推理小說。兩年後，寫出《霧與影》，這部以揭露政治競選內幕為主題的小說發表後，引起震撼，使他一夕成名。

一九六〇年發表《海の牙》，獲得第十四屆日本偵探作家俱樂部大賞。小說題材以日本某工廠把工業廢料排入海中，造成嚴重公害，揭發社會黑幕。翌年，《雁の寺》榮膺第四十五回直木賞，受封人氣作家。

成名後的水上勉，每個月固定為七家報紙撰寫連載小說，被喻為「寫作機器」。

▲ 雪金閣

**文學地景:**

**京都:**金閣寺。

▲ 金閣寺

▲ 火燒金閣寺

▲ 金閣寺陸舟之松

一九六二年寫成《饑餓海峽》，這部長篇推理小說反映爾虞我詐的社會、被迫走上犯罪之路的人性心理，於此奠定他的文學地位。

之後，又藉次郎作夫婦慘死新聞事件為題材，寫下日本軍國主義發動侵略戰爭，給人民帶來災難，兼而提出控訴的短篇小說《棺の花》，以及塑造對工作精益求精的手工業者形象的《紅花的故事》，深受青睞。

再來，陸續出版《桑孩兒》、《五號街夕霧樓》、《一休》、《越前竹偶》、《湖底琴音》、《湖笛》、《寺泊》、《宇野浩二傳》、《大海獠牙》、《京都花曆》、《京都古寺逍遙》、《醍醐の櫻》、《男色》等作品。

《寺泊》獲第四回川端康成文學賞；《一休》獲谷崎潤一郎文學賞，還拍成電

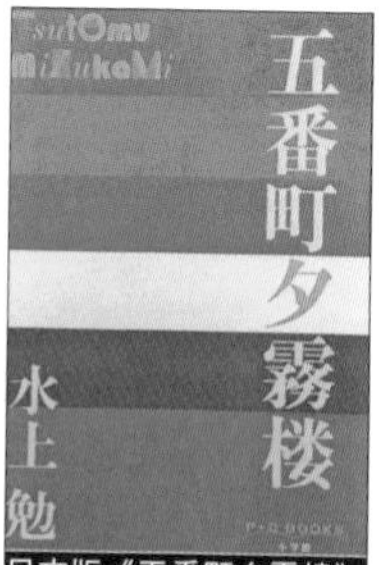

日文版《五番町夕霧樓》

中文版《五號街夕霧樓》

**中文譯本：**

・《五號街夕霧樓》，吳浩正／譯，一九八八年四月，志文出版。

影、動漫，風靡日本、臺灣和世界各國。

不久，當選日本文藝家協會副理事長，二〇〇四年因肺炎病逝，敘正四位、授與旭日重光章。享年八十五。

## 關於《五號街夕霧樓》

住在京都丹後与謝半島的樵夫片桐三左衛門，育有四個女兒，貧寒度日。長女夕子為了家計，以及籌措治療母親肺結核費用，賣身京都西陣的五番町夕霧樓。由於商界老闆竹末甚造資助，夕子終成五番町名妓。失去妻子的甚造迷戀夕子的美色，交往未幾，不惜重金包養，大勢追求。

夕子心中早屬意青梅竹馬的櫟田正順；人在京都鳳閣寺修行的正順，有望成為住持繼承人，卻經常私下前往夕霧樓與夕子約會，兩人在她房裡聊天、唱歌……。正順從小患有口吃，常遭外人疏遠，性情孤僻，夕子對他來說是唯一能取得真正溫暖的人。

「情敵」出現眼前，甚造醋勁大發，為了徹底擊垮正順，他利用商場人脈，公開揭發和尚與妓女幽會的不倫訊息，使正順繼承寺院住持的前程，硬生被堵死，正順內心憤憤不平。這時，夕子因肺結核住進病院，他因甚造揭發事件，引起慈州長老不滿，訓誡作為一名僧人，正順的修行人形象已然崩塌。一氣之下離開寺院，在夕霧樓打聽到夕子入院的消息，隨即前去病院探望，夕子雖然牽掛正順的僧途，卻沒任何辦法改變他的命運，他懷著憤怒和悲傷，緊緊擁抱夕子，她更是不顧一切，激烈的抱住他，好似生離死別一樣苦痛。

一九五〇年七月二日凌晨，正順去到鳳閣寺，宣稱要幹下震驚全國的事，以示向寺院報復，果然，他點燃一把烈火焚燒鳳閣寺，佛經、觀音菩薩像、足利將軍木像，全部付之一炬，正順把佛像綁在身上，嘴裡呼喊夕子的名字，最後慘遭火焰吞噬。處事魯莽無禮的正順，最終辜負愛他的人，也毀了自己。第二天，京都所有報紙以頭題報導火燒鳳閣寺的新聞。

酷愛女體的甚造在正順火燒鳳閣樓後，隨之從夕霧樓銷聲匿跡。先前還糾結在兩個男人之間的夕子，此時，面臨一個命喪黃泉，一個逃之夭夭，進退維艱的困局。

看到新聞的夕子，這一天，一聲不吭從病院悄悄離開，回到從家鄉到夕霧樓當妓女，曾經路過，美麗的百日紅樹下，服下安眠藥結束生命。

描寫昭和末期，夕子為了家計不得不到京都從妓，青梅竹馬的正順因一念氣憤，縱火燒燬寺院的《五號街夕霧樓》，與三島由紀夫的《金閣寺》同樣取材自鹿苑寺見習僧人，患有口吃的林承賢因「世界太亂」以及「為了向社會報復」為由，縱火焚燒金閣寺的新聞。

真實事件是，韓國籍的林承賢縱火逃逸，警方在金閣寺後方的左大文字山發現林嫌切腹未盡，蹲坐地上，經過搶救，撿回性命。

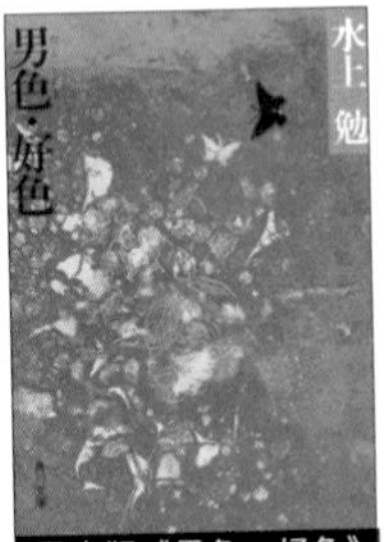

日文版《男色・好色》

**延伸閱讀：**

・《男色・好色》：水上勉／著，林水福／導讀，花田出版。
早期作家對同志文學的嘗試發聲。敘述三個名字都叫水上勉的主角，交疊出不少真實、虛構的男色議題。「男人怎麼會有這麼美的身體！」一本優雅的男男情色小說。

日文版《禁色》

**延伸閱讀：**

・《禁色》：三島由紀夫／著，唐月梅／譯，木馬出版。
藉由主角俊輔與悠一兩人精神層次的關係，推翻男人必須愛女人的陳腐傳統，以肉體為素材挑戰精神領域，並傳達「在絕望中的生就是美」的同性愛佳構。

同樣新聞事件，經過作家不同角度處理，呈現不一樣風貌。《金閣寺》寫出美的本質和面對實相人世的障礙；《五號街夕霧樓》展示人的本性，讓披著袈裟的假道學者，現出道貌岸然的面貌。

**經典名句**

- 所以妓女的美麗和弱點都會爆發。
- 僅能決定是否只有在前往另一個世界的旅程，才能挽回命運。

# 鎌倉戰神源義經・司馬遼太郎

與真田信繁、楠木正成並列日本史三大「末代」悲劇英雄。

作者・司馬遼太郎

一九二三年出生大阪浪速區的司馬遼太郎，本名福田定一，父親福田是定為一開業藥劑師。小學就讀大阪市立難波塩草尋常小學校，因為不喜歡到校讀書，經常無故缺席，以致課業荒廢，慘遭眾人譏稱「惡童」。

不喜歡到校求學，不代表不愛讀書，十三歲開始，他即常到大阪市立圖書館借書、看書，直到大學畢業，幾乎讀完圖書館所有藏書。

一九四〇年就讀舊大阪高校、舊弘前高校，一九四二年進入現今大阪大學外語系學習蒙古語文。選擇冷門科系就學，加諸太平洋戰爭期間，前往中國東北「當兵」的生活歷練，影響他的寫作風格深遠，早期作品《波斯國的幻術師》、《戈壁的匈奴》，晚年的《韃靼疾風錄》大都以中國北方民族的歷史與特性為書寫舞臺。

一九四三年十一月，司馬二十歲，因擔任「學徒出陣」（學生兵），只得休學。翌年九月，才從大阪外國語學校畢業。離開學校，進入兵庫縣加東郡河合村青野原戰車隊第十九連隊擔任兵員。喜歡文學的司馬，不意在部隊成立罕見的「俳句之會」，一邊服役，又吟詩作文，藉此磨練文筆。一九四四年四月，被分派進駐滿州四平陸軍戰車學校第一連隊，十二月畢業。由於出身文科，對理工、機械一竅不通，曾因不解如何啟動戰車，導致車冒白煙而大喊「救救我！」以及碰觸到戰車電流，卻誤用斧頭切斷電線的笑話。

關於日本戰敗這件事，時年二十二，個性耿直的司馬說：「日本為何執意要打這一場笨仗？什麼時候日本人變得這麼笨？」此言一出，引起譁然。

離開部隊後，司馬決意進入新聞界，先後擔任新世界新聞社、新日本新聞社，成為京都支社社員。一九四八年，新日本新聞社破產，受聘加入產業經濟

▲ 源義經與弁慶初遇決鬥地京都五条

**文學地景：**

**京都：**源光寺常盤御前之墓、比叡山延曆寺、義經與弁慶會武地——五条大橋、首途八幡宮、貴船神社、丹後靜神社、神泉苑。

**下關：**關門海峽、下關。

▲ 門司關門海峽

▲ 下關壇之浦古戰場

新聞社京都支局社員。一九五〇年結婚，四年後離婚，為了無法避免四處奔波的採訪工作，把長子託付父母養育。

忙碌的新聞報導工作之餘，潛心著手歷史小說創作，一九六〇年出版小說《梟之城》，隨即榮獲第四十二屆直木賞，不久，離開產經新聞社。一九六四年移居大阪府布施市下小阪，藉機研讀寺院收藏的古書籍，專事寫作。他喜歡新聞記者工作，曾對朋友說：「若有來生，我還是要當個新聞記者。」還說：「所有的夢想都會實現，只要有不斷追夢的勇氣。」

年輕時喜愛閱讀司馬遷《史記》列傳的司馬，筆名「司馬遼太郎」取自「遠不及司馬遷」之意。雖自謙歷史報導不及司馬遷，其畢生的歷史小說著作等身，公認日本大眾文學巨擘，也是日本最受歡迎的國民作家、中流砥柱的人物。

學者評析他的作品是「非意識型態」的「大河小說」。著作豐厚，《梟之城》、《風神之門》、《龍馬行》、《新撰組血風錄》、《盜國物語》、《最後的將軍》、《新史太閤記》、《義經》、《宮本武藏》、《坂上之雲》、

《項羽和劉邦》、《油菜花的海岸》、《韃靼疾風錄》、《臺灣紀行》等上百冊。

經常描寫英雄，卻認為日本沒有真正的英雄，他說：「源賴朝是偉大的政治家，但沒人緣；源義經是無聊人物，卻大受歡迎。大久保利通是偉大的政治家，然而日本人卻喜歡稚氣的西鄉隆盛。也就是說，政治原本是男人的世界，但日本人卻偏愛女性特質。譬如說，西鄉隆盛有時會寫寫詩，發表幾句名言，結果比大久保利通更得人緣。」

一九九六年，因腹部大動脈瘤破裂，經九小時手術，終焉不治，病逝國立大阪病院，享年七十二。司馬去世，動畫家宮崎駿發表感言：「司馬遼太郎一直思考，為什麼日本會產生如此愚蠢的『昭和時代』。現在日本更趨腐敗沒落，司馬遼太郎已經看不到日本的沒落光景，我為他感到欣慰。」

## 關於《鎌倉戰神源義經》

源義經生於平治元年（一一五九），也即平安時代末期，出身河內源氏的武士家族，家系乃清和源氏其中一支，河內源氏的大老源賴信的後代，源義朝第九子，乳名牛若丸，母親常盤御前。平治之亂中失去父親，跟著母親委身平清盛家。

七歲，被送往京都鞍馬寺修行，得知敬如父親的平清盛竟是仇敵。

某日，避開平家耳目，他前往奧州平泉尋求藤原秀衡庇護，並在那裡度過青年。當他聽說同父異母的兄長源賴朝舉兵對抗平家軍，趕往加入；跳脫常規的靈活戰術，讓他在「源平合戰」、「壇の浦決戰」中戰功彪炳，連戰連勝，威名顯赫，卻因功高震主，遭源賴朝猜忌，加上未經源賴朝許可就隨意接受官位，造成兄弟不睦，種下日後兄長追殺親弟弟的悲劇。

個性狡黠的源賴朝在得到後白河法皇的院宣後，發布通緝令追捕義經，義經走投無路，再度投靠藤原秀衡，最後於陸奧國高館宅第自盡。

日本人奉為戰神的義經，最受後人津津樂道者，當屬與平家在赤間關的「壇の浦決戰」。時為一一八五年三月某日清晨，平家軍撤據關門海峽的彥

▲ 壇之浦古戰場安德天皇沉水處石碑

▲ 義經與妻子鄉御前相會的京都神泉苑

中文版《太閤記》

**延伸閱讀：**

·《太閤記：天下人豐臣秀吉》：司馬遼太郎／著，許嘉祥／譯，遠流出版。
敘述把天生猴臉轉化成個人魅力，仰仗表演天分，逐一收服各藩名將，終於稱霸日本六十餘州的豐臣秀吉，英雄不怕出身低的戲劇性人生。

島，源範賴和源義經在對岸布陣對峙，雙方已有海戰覺悟，開始糾結戰船，起先平家僅五百艘，源氏八百四十艘，兩軍互別苗頭，群起糾集船家加入戰局，一場慘烈激戰，平家大勢去矣。

平知盛知道局勢不利平家，又不願被俘受辱，身纏錨碇，與眾將相互拉手，一起投海自盡。二品夫人見狀心有不忍，然前時已有心理準備，便將淺黑色袷衣從頭套在身上，素絹裙褲高高齊腰束緊，把神璽挾於肋下，寶劍插在腰間，再將安德天皇抱入懷裡，說道：「我雖是女人，可不能落入敵手，我要陪伴天皇。凡對天皇忠心的，都跟我來。」於是，走近船舷。

剛滿八歲的安德天皇不勝驚愕問道：「外祖母帶我去哪裡？」二品夫人面向幼帝拭淚說道：「主上有所不知，你以前世十善戒行的功德，今世才得為萬乘之尊，只因惡緣所迫，氣數已盡。你先面朝東方，向伊勢大神宮告別，然後面朝西方，祈禱神佛迎你去西方淨土，與此同時心裡要念誦佛號。這個國度令人憎惡，我帶你前去極樂淨土吧。」

二品夫人邊哭邊說，然後給天皇換上山鳩色御袍，梳理兩鬢打髻的兒童髮式。幼帝兩眼含淚，合起纖巧雙手，朝東伏拜，向伊勢大神宮告別；然後面朝

日文版《義經》

日文版《義經》

中文版《鎌倉戰神源義經》

**中文譯本：**

・《鎌倉戰神源義經》，曾小瑜／譯，一九九七年六月，遠流出版。

西方，口念佛號。少頃，二品夫人把他擁入懷抱，安慰道：「大浪之下也有皇都。」便投身千尋海底去了。一場驚天動地的絕命戰役，終讓平家滅亡。

隨後，九郎大夫判官源義經透過源八廣納向法皇奏報：「上月二十四日在豐前國的田浦、門司關，長門國的壇の浦、赤間關，平家徹底覆滅，三神器已平安奪回，謹此奏聞。」一時宮廷之中上下譁然。法皇把廣綱叫到內廷，詢問作戰情況，歡喜之餘，特意將廣綱擢升為左兵衛尉，吩咐：「神器是否能取回？要派人親自查實。」當月五日派宮廷御林軍判官藤信盛前往西國。信盛領命，沒來得及回家便匆匆跨上御馬，揚鞭而去。

不久，義經押解平宗盛父子等人凱旋返回鎌倉，就在抵達鎌倉城外的腰越時，源賴朝遣使命令義經不得進城，只要交出人犯即可。遭兄長猜忌深感痛心的義經，在腰越滿福寺寫下著名的〈腰越狀〉，委託源賴朝的親信能臣大江廣元代為轉達其手足情深、忠心不二的真摯心意。

儘管如此，冷酷的源賴朝始終不為所動，仍對義經窮追不棄，迫使他最後在現今岩手縣平泉高館的住所，手刃妻子鄉御前與四歲女兒龜鶴御前，再引刀自戕；源義經波瀾萬丈的三十一年戰將生涯，終以悲劇落幕。

**經典名句**

- 過去無始，未來無終。
- 願卿早晚梳洗之際睹物相思。
- 臣無貳心，尚祈御宥，紙短情長，望垂聖察。

21

他忍辱後退了一小步

# 最後的將軍・司馬遼太郎

沒有德川慶喜的自我克制，就沒有明治維新的燦爛花朵。

作者・司馬遼太郎

## 關於《最後的將軍》

一九六七年《文藝春秋》出版，司馬遼太郎生花妙筆刻畫幕末豪傑心路歷程的《最後的將軍》，敘述明治維新之前，德川幕府最後大將軍德川慶喜一生的事蹟。

德川慶喜於一八三七年出生德川御三家之一的水戶家，父親為水戶齊昭，母親登美宮吉子為齊昭正室。慶喜在眾多兄弟中排行第七。十一歲奉將軍德川家慶之命，過繼御三卿之一的一橋家當養子，直到出任江戶幕府第十五代征夷大

**文學地景:**

**京都:**二条城、伏見。

**靜岡:**静岡市鬧區「浮月樓」、德川慶喜宅第遺跡。

**大阪:**八戶ノ里「司馬遼太郎記念館」。

▲「大政奉還」所在地二条城

將軍。

少年時期的德川慶喜接受嚴格的武士教育，隨西方船艦叩關，受歐風影響，敬佩華盛頓，崇尚拿破崙，偏愛西餐，喜歡照相，性情執拗，辯才無礙，思慮縝密，喜好女色。在位期間，頻頻發生倒幕事件，一八六七年六月，土佐藩的坂本龍馬與後藤象二郎定下「船中八策」，主張幕府「大政奉還」，組成以天皇領導的大名公議政體，並取得薩摩藩、土佐藩及安藝藩簽訂的約定書全面支持。九月，薩摩藩及長州藩達成出兵協議，後又加入藝州藩組成倒幕同盟；十月，三藩代表在京都集結，取得天皇討幕密詔，決意出兵。

為免內戰發生，他主動在京都二条城舉行大政奉還儀式，將大政還予明治天皇。天皇則頒布《王政復古令》，廢除幕府。

德川慶喜同意「大政奉還」，是為苦肉計，期使自己能在新政體下保留實力，以便伺機奪回主導權。但倒幕同盟並不信任幕府舉動，決心發動以「王政復古」為名的政變，建立由天皇主導的新政府。面對朝廷及倒幕派作為，他被迫再戰，帶領幕府軍一萬五千人從大阪進攻京都，決戰為數僅五千人的新政府軍，幕府軍於鳥羽伏見之戰大敗，倉皇逃回江戶。

最後，在海軍奉行（注）勝海舟遊說下，身為第十五代將軍的德川慶喜，終究發覺無法力挽狂瀾，振興式微的幕府；身處歷史變局的將軍，能在關鍵時刻選擇隱忍，撤軍後退，同意投降，一八六八年五月正式交出江戶，德川幕府終焉在江戶統治二六五年後，落入歷史煙硝，開啟明治維新，日本終獲時機向前邁進，走向明燦的未來。

遠流版的譯本說明：「他忍辱後退了一小步，日本向前邁進了一大步。沒有德川慶喜的自我克制，就沒有明治維新的燦爛花朵。」

交出江戶後的一八六八年，將家督位子讓給田安德川家的龜之助德川家達，一八八〇年，因大政奉還功績升敘正二位，在新政府冊封德川宗家的靜岡七十萬石領地的「浮月樓」隱居生活。

喜好女色聞名的德川慶喜，擁有正室、側室和妾所生的眾多子女，大將軍退職後，為免遭人猜疑，不涉政事；對於在新政府任職的舊家臣，避不見面。退隱四十五年的時光，僅熱中投入搜集西洋文物、釣魚、騎自行車、拉弓、刺繡

▲ 德川幕府最後大將軍德川慶喜

日文版《最後的將軍》

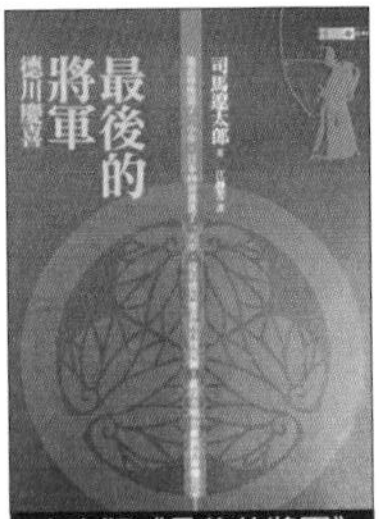


中文版《最後的將軍》

**中文譯本：**

·《最後的將軍》，江靜芳／譯，一九八九年九月，遠流出版。

▲ 德川慶喜老樣

▲ 「大政奉還」繪圖

手藝、攝影、狩獵、民謠歌曲，甚少理會政治。

明治三十年（一八九七），德川慶喜從靜岡搬遷東京，翌年，首次前往皇居晉覲明治天皇。一九〇二年冊封公爵，一九一三年因肺炎病逝，享年七十六。

注：奉行為日本平安時代至江戶時代期間的武士職稱。鎌倉幕府將此編入幕府之正式官職，設置各種奉行，是為奉行官職之始。

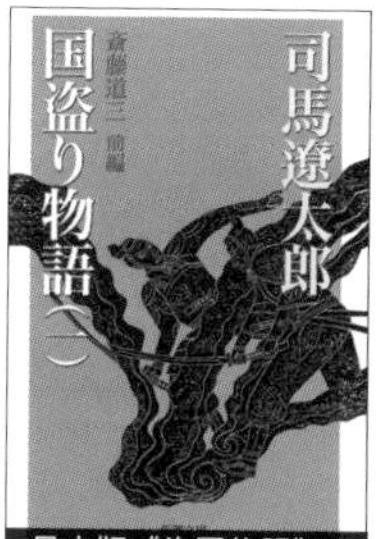

日文版《盜國物語》1

**延伸閱讀：**

・《盜國物語》：司馬遼太郎／著，馬靜／譯，遠流出版。歷史小說家的戰國系列首部曲，從中了解複雜的人性與時代背景，進而認識日本戰國時代的歷史演進。

**經典名句**

・我現在繼任將軍，不過是準備當個千古罪人罷了！

22

人間深河的悲哀，我也在其中

# 深河・遠藤周作

每一具屍體，都有各自的人生痛苦，也都有各自的淚痕。

作者·遠藤周作

一九二三年出生東京的遠藤周作，別號狐狸庵山人，出生不久，舉家搬遷滿洲國。十年後，父母離異，隨母親返回神戶。母親在他幼年時皈依天主教，致力培養他成為天主教徒。十二歲，遠藤接受洗禮，教名Paul。

在滿洲國度過童年的遠藤，由於身體虛弱，二次世界大戰期間未被徵召入伍，後來進入慶應大學就讀法國文學，一九五〇年成為戰後第一批留學生，前往法國里昂大學留學，專攻法國文學達二年；返國後展開作家生涯。

他的小說大都反映早年生活經歷。身為外國人的生活經歷、病房住院的經歷、跟肺結核戰鬥的經驗。作品關注人性，展現個人宗教信仰，筆下角色大部分是在道德困境中的抗衡者，正因如此，作品常拿來與英國作家格雷厄姆．格林相較，格雷厄姆．格林反而讚賞遠藤周作是「二十世紀最優秀的作家之一」。

作品充滿濃烈的關懷生命、人性、社會、文化、歷史的思考，被認為是日本信仰文學的先驅，同時位居日本當代文學承先啟後的樞紐地位。

一九五四年，處女作《到雅典》初試啼聲，正式登上文壇；一九五五年，以《白色的人》獲芥川賞；一九五八年，長篇小說《海和毒藥》榮獲新潮文學賞和每日出版文化賞；一九六六年，創作高峰的鉅著《沉默》獲谷崎潤一郎賞，掀起巨大迴響；一九九三年，最後鉅作《深河》出版，迅速被譯成十三種語言，傳播到亞洲與歐美各國，引起專家、讀者和媒體如潮好評，譽為「代表日本二十世紀文學高峰」之作；一九九五年獲文化勳章。

作品有以宗教信仰為主題，也有老少咸宜的通俗小說，包括：《母親》、《醜聞》、《海與毒藥》、《沉默》、《武士》、《深河》等。一九九六年九月辭世，享年七十三。一生為天主奉獻的遠藤周作離世後，家人遵奉遺願，把《沉

日文版《深河》

中文版《深河》

**中文譯本：**

·《深河》，林水福／譯，一九九九年八月，立緒文化出版。

默》和《深河》放入棺柩作伴；這兩本書被公認為二十世紀日本文學重要著作。

## 關於《深河》

《深河》發表於一九九三年，是遠藤周作最後鉅作，也是嚴肅性小說系列中，探討東西文化差異、日本人宗教觀、轉世觀及一神教與汎神教的對立等宗教問題，集大成之作。

「深河」指印度恆河。在聖河畔，時常可見被焚燒的屍體骨灰流入河中，這種看是荒誕的「草率」儀式，其真意無非期望死者的靈魂來世復活；無數印度人窮畢生之力，不論如何都要到恆河朝聖，虔誠的在混有骨灰或屍體漂流的河中沐浴、漱口，祈求來世幸福。

小說從一支前往印度恆河朝聖的日本旅行團說起，旅遊團成員心性各異：一個不相信來世，卻無法忘卻妻子臨終前告囑即將轉世的平凡丈夫；一個自認心靈自由，卻總是感到生命空虛、無所寄託，不知人生為何，茫然過日子，藉機到印度找尋當年心儀男子大津的中年女子；一個只願對動物訴說心事的童話作家；一個想要拍出得獎作品的年輕攝影家，以及曾在緬甸叢林歷盡煉獄之苦，始終難以擺脫戰爭夢魘的老兵……，一群各自背負人生苦痛的人，被眼下這一條充滿矛盾的「聖潔和光輝」的深河強烈震撼，尤其，當見到背負體弱年邁的異教徒「賤民」前往恆河朝聖的天主教徒的無私之舉時，所有人在剎那間受到

日文版《武士》

**延伸閱讀：**

・《武士》：遠藤周作／著，林水福／譯，立緒出版。
描述德川幕府，服膺政治的寒村武士長谷倉，為完成藩主交付的任務遠赴墨西哥。因任務不順利，不得已在形式上接受天主教受洗儀式。後來得知日本頒布天主教禁教令，忠貞的武士歷經一路徒勞返國，卻被冠上邪教教徒罪名處刑。

感動，好似尋找到生命的真諦。

《深河》女主角美津子，就是團員中那個不知人生為何，一個放蕩不羈的女子，她藐視一切威權，挑戰所有價值，輕而易舉誘惑純潔的男同學大津之後，立即甩掉他，卻於遭遇連串不幸後，不時想起這位篤信天主的同學，歷經兩回艱困旅次，終於找到他，就為了好奇信奉天主的大津，為何能持續意願對生命奉獻，即使受盡屈辱，仍不減對人性的信心。

作者藉由主角大津和美津子的對話，表達東、西方文化、宗教，信仰交錯的格格不入；原本篤信天主教一神觀的大津，對宗教和生命的見解，採行較激進的論點，他在法國修道院五年的生活，體認到對東西方神祇的新觀點，為了闡明東方人如何看待西方對信仰的態度，他寫了封充滿論述的信給美津子，提出自己的想法：

「歐洲人的思考方式太有意識和理論性，他們清晰的理論或切割方式對一個東洋人而言是痛苦的，日本人設身處地的感覺，對歐洲的基督教產生不協調感，在神學院被批評最多的是，無意識中隱藏泛神論的思想，身為日本人，對大自然的思考不同。歐洲人無法理解『仔細一看是茄子花開的籬笆』這種情景，當然偶爾他們會用同樣口吻說茄子花開的生命和人的生命，其實他們的內心並非認為兩者相同。『那麼，對你而言，神是什麼？』修道院的長輩問我，我說：『我認為神並不是如你們認為的，人以外讓人瞻仰的東西，而是在人心之中，包容人、樹、也包容花草的大生命。』」

後來，美津子和大津一樣，在渺小的自我，從深河看到生命的巨大與永恆。恆河在書中被賦予形而上的意義，正如書文所言：「河流包容他們，依舊流呀流地。人間之河，人間深河的悲哀，我也在其中。」

相信，關於生命的一切，最終明白，人都是不完美的。

**經典名句**

- 即使我放棄神，神也不會放棄我。
- 在世界某處，我們約好，一定要找到我。
- 只要能到達同樣的目的地，即使我們走的是不同的道路也無妨。

23

「原罪」是他唯一的名字

# 大地之子・山崎豐子

從戰場生還後，「命運」也將遺棄他嗎？

作者・山崎豐子

一九二四年出生大阪中央區昆布商店老鋪、小倉屋山本之家的山崎豐子，本名杉本豐子，京都女子大學國文系畢業。隨後，在每日新聞學藝部擔任小說家井上靖轄下記者，利用閒暇寫作，初期作品以大阪船場風情和大阪風俗為文學舞臺。井上靖在她離職時鼓勵：「人們若寫作自己的生涯或家庭，無論是誰，一生中至少都能寫出一篇小說吧！」

一九五七年初試啼聲，發表《暖簾》進入文壇；翌年，以《花暖簾》獲第三十九屆直木賞。之後，辭去報社工作專事寫作。一九六三年在《Sunday每日週刊》連載《白色巨塔》，探討醫生和病院的社會關係，內容尖銳，引起話題，造成轟動，進而奠定她在日本文壇不可動搖的地位，被列為戰後日本十大女作家之一。人稱「採訪之魔」的她，坦承自己有強烈取材魂與調查癖，「為了採訪，行程排得像神風特攻隊出擊。」她說：「我寫《白色巨塔》，無非出自質問醫學界的良心，或挑戰封建的醫學界，同時感覺到那裡存在強烈的人間戲劇！」

一九七〇年，又於《週刊新潮》連載《華麗一族》、《二個祖國》、《大地之子》、《不落的太陽》等。一九九一年獲第三十九屆菊池寬賞；二〇〇九年以《命運之人》獲每日出版文化賞特別賞。

日文版《大地之子》

日文版《大地之子》

**中文譯本：**

・《大地之子》，章蓓蕾、王華懋／譯，二〇一三年十月，麥田出版。

小說《女人的勳章》、《不毛地帶》、《女系家族》、《花紋》、《變裝集團》、《白色巨塔．續篇》等，多數被改編成電視劇或電影。

寫完《大地之子》，自認再也寫不出好作品，想乘機引退；向來賞識她的《週刊新潮》編輯齋藤十一卻說：「演藝人員可以引退，藝術家怎能引退？要邊寫邊踏入棺材，才叫作家。」果然，直到二〇一三年九月二十九日去世前，仍在《週刊新潮》連載《約定之海》，是為遺作。

她說：「身為作家，我若失去勇氣去寫出應該寫的故事，那麼就等於我已死去。希望今後，我還是能帶著勇氣，持續書寫那些該被寫下的故事。」

## 關於《大地之子》

一九八四年，山崎豐子受邀前往中國訪問，擔任中國社會科學院外國文學研究所日文組客座研究員，受到人民文學出版社請託，創作以中日戰爭遺孤為主題的小說《大地之子》。進行材料蒐集與調查期間，獲得當時中共總書記胡耀邦三次接見，以一場記錄戰爭遺孤「真實」的苦鬥，留下深切的談話。

她執筆《大地之子》漫長的創作之際，曾考慮退休，據稱緣由於寫作這本：一個遭國家拋棄的孤兒，家人也離開他，終其一生都無法免除「原罪」的重擔，而「原罪」二字竟成為他唯一的名字的書，感到十分痛苦，觸動難以下筆的困惑。她說：「以現代中國為背景的《大地之子》，是畢生不可能再挑戰第二次的作品。」自稱是「賭上作家之命」的著作，在中國採訪三年，訪談上千人，耗時八年成書。

小說敘述，二戰期間，日本政府號召農民離鄉背井，組成「開拓團」前進中國東北開墾荒地。一九四五年敗戰後，日軍、日僑在國共內戰的慌亂中撤出東北；號稱天下無敵的關東軍，無視「開拓團」的存在事實，執意放棄同胞，這些人僅能在蘇聯軍慘無人道的屠殺下，自生自滅、自尋生路。

時年七歲的松本勝男與妹妹敦子僥倖存活，失去家人照料的兩人，在各自被中國人收養後，一度成為失聯人口。

勝男與家人失散後，曾遭人口販子拐騙流落街頭，適巧被善心的老師陸德志帶回扶養，改名陸一心。文化大革命爆發，陸一心在工廠遭揭發是日本人，被冠上間諜罪名，下放內蒙勞改，受盡折磨，卻也因此結識擔任巡迴護士的江月梅；透過江月梅，陸德志得知養子的處境，四處奔走營救，陸一心才得以回城市工作。

文革浩劫結束，中國與日本恢復邦交，計畫藉由日本先進技術，在上海興建第一座現代化鋼鐵廠。回北京與江月梅結婚生下一女的陸一心，因深諳日文，又是工程師，被上級指派參與鋼鐵廠的建設，蒼天作弄，代表日方與陸一心協商規劃興建寶華製鋼廠事務的松本耕次，正是陸一心失聯多年的生父。

年輕時，生父參與滿州開拓團，在東北遭徵召入伍，部隊輾轉回日本，卻聽聞家人全死於中國，內心滿是愧疚。就在中日恢復邦交，戰爭遺孤陸續返鄉的洪流衝擊，耕次重燃希望，不意發現兒子勝男和女兒敦子仍存活人世。

日文版《兩個祖國》

**延伸閱讀：**

‧《兩個祖國》：山崎豐子／著，王蘊潔／譯，皇冠出版。「戰爭三部曲」之二，以美國日僑為主題，書寫珍珠港事件爆發，被美國政府強制關到集中營的十餘萬日裔美國人，慘烈的情事。

日文版《不毛地帶》

**延伸閱讀：**

‧《不毛地帶》：山崎豐子／著，王蘊潔／譯，皇冠出版。「戰爭三部曲」之三，敘述二戰結束，被蘇聯俘虜送往西伯利亞勞改的關東軍參謀官壹岐正，回國後進商社任職，展開的商戰人生。

▲ 小栗旬主演的《兩個祖國》特別劇海報

改名張玉花的妹妹敦子，被當成童養媳賣掉。農村長大的敦子，因身分問題，始終被當成「異類」，三十多年，從未得到國家認同，更無法享有丈夫與婆婆的平等對待。只有一只紅色護身符為她尋覓到親人。然而，即使是闊別三十餘年的重逢，也不表示從此便能得到幸福，多年的貧困生活讓她積勞成疾，不久撒手人寰。

一直猶豫是否尋覓原生家庭的陸一心，傷痕未撫平，既遭原生國族放棄，又被當下惡劣情勢鄙視，如同生活在牢獄，不知艱困的日子仍要遭受多少凌辱。另方面，還必須感謝賭上性命為自己洗刷冤屈的養父，更無法忘掉出生根源。一邊是撫養他成人，卻因身分認同使人不安的國度，另一邊是斷不了的血緣關係；「日本鬼子」這個稱呼，是他烙印在心的符號，命運多舛的屈辱、忍辱都與此脫不了關係。

十年前，因為與生俱來的「身分」遭鄙視、流放，能幫助他平步青雲的初識女友離開他；十年後，同樣「身分」卻成為讓他進入國家重要部門、位居高職的關鍵，就像礁岩峽谷之間，一艘在波濤激流險行的船隻。而今，他已分不清自己是屬於以黨國為核心的中國，還是隸屬於戰後迅速步上嚴謹秩序的日本？誰才是他真正的母國呀！

父子相認後的隔閡，以及國家恩怨與利益談判的籌碼，一場時代悲劇形成的商業戰事，彷彿才正要開始。那麼，他是中國之子？還是日本之子？與生父同遊長江三峽後，他告訴松本耕次：「我是大地之子。」

**經典名句**

- 在中國的一切是否值得？究竟該做日本或中國的孩子？
- 我是大地的兒子，決心留在這片養育我的土地。

24

豐饒之海四部曲第一卷

# 春雪．三島由紀夫

激流的河水遇到岩石一分為二，然而總有再度相逢的一天。

作者．三島由紀夫

一九二五年一月十四日出生東京四谷區永住町，原名平岡公威的三島由紀夫，六歲始，在祖母夏子強勢教育下，進入皇室貴族所屬學習院初等科就讀，受制於生性固執、偏激的祖母嚴厲要求，形同遭封閉，只能在孤寂中選讀書刊。

從小體弱多病的三島，臉色蒼白，染患「自體中毒症」（注），每個月或輕或重發作一次，出門上學，咽喉必須包紮紗布；上體育課，同學喊他叫：「小白臉」、「青葫蘆」，使他自卑不已。十歲後，把課餘時間沉潛在文學創作的學習。

一九四二年，選擇學習院高等科文科乙類大學預科升學，主修德語，生平第一部短篇小說《繁花盛開的森林》由七丈書院印刷出版，一週銷售四千冊，數字驚人，蔚為文壇奇葩。青春十七歲，使他從一個業餘小說創作者，晉身專業作家，恐怕是日本文學界少見的「文學神童」。

一九四四年，第二次世界大戰進入尾聲，日軍兵敗如山倒，處境急轉直下；二月，時年十九的三島收到徵召電報，被派往群馬縣隸屬中島飛行機的小泉工廠擔任勞動員。

淒厲的戰爭結束，三島逃過慘死疆場的命運，萌生強烈死亡意識，這些關於死亡與文學、文學與滅絕，成為他日後文學創作的重要元素，無不深刻發展成隱晦、華麗、陰沉、孤傲，相互交迭的極端個人特質。

潛心投身文學創作期間，偶然機會，目睹一幅曼迪那（Andrea Mantegna）所繪《聖賽巴斯帝安》（St. Sebastian）殉道圖，激起年少時代對男體充滿興趣的慾望，他視男體為「足以令人窒息的美」；牽動後來寫出半自傳體的同性愛小說《假面的告白》，轟動日本、臺灣，就連描寫同性愛「誘惑慾望」的生

▲ 三島組成的「楯之會」主要幹部全是美男子

▲ 《春雪》電影海報

**文學地景：**

**奈良：**圓照寺（月修寺）。

**鎌倉：**鎌倉文學館。

**電影春之雪拍攝地：**四國香川縣高松市栗林公園、玉藻公園披雲閣。

▲ 三島切腹自殺前，在總監部陽台向八百多名自衛官發表演說

動文字，也成為日後同志文學的典範。

不難發現他作品中雄偉的男體便是自己，《假面的告白》藉文字揭露隱藏內心深處的性傾向，並將埋藏意識深層，對肉體的慾望，毫無保留地用文字自白；又在《金閣寺》透過患有口吃的見習僧人溝口，表達對美的偏執。

三度獲諾貝爾文學獎提名候選人的三島，對傳統武士道精神，以及嚴厲的愛國主義極為讚賞，尤其二次世界大戰後，日本社會急欲西化與國家主權受制美國，令他不滿。一九六八年，組織民間防衛團體「楯之會」，聲稱為保存傳統武士道精神與保衛天皇；兩年後的一九七〇年十一月二十五日上午，脫稿完成個人最後著作《豐饒之海第四部曲．天人五衰》，交付原稿到新潮出版社。

是日午前十一時，他帶領「楯之會」四位成員，前往東京都市ケ谷的日本陸上自衛隊東部方面總監部，假藉「獻寶刀給司令鑑賞」為名，進入二樓總監辦公室，將自衛隊總監師團長綁架，並加以軟禁；接著，使用武士刀和短刀，擊退八、九名職員，隨即走到總監師團長辦公室陽臺，面對廣場群眾，預備進行兩小時演說。

未料廣場群眾譁然叫囂，迫使他不得不在進行五分鐘演說後的混亂場面，從陽臺黯然退回辦公室。這是三島始料未及的結果。

希望藉由演說，達成保衛天皇與日本擁有軍隊自主權的意圖，結果事與願違，他激憤的變更計畫，關鍵時刻，選擇當場切腹自戕，並由「楯之會」成員森田必勝、古賀浩靖相繼執行介錯任務，結束性命。愛美的三島，愛己體的三島，以殉道者之姿，屍首異處，整間辦公室濺滿斑斑血跡，現場一片狼藉。

這是壯烈嗎？這是殘存的悲劇美學嗎？如果他不死，不以激烈行為讓生命隱然到死亡意象，那就不會是人們心目中的三島由紀夫了。

三島滅絕，好似盛開的櫻花，以飄瀟之姿親吻大地；人們在他的作品讀到絕美的死亡。

人間存活短暫四十五年，他留給世人無數精湛的文學作品，《假面的告白》、《禁色》、《潮騷》、《憂國》、《金閣寺》、《午後曳航》、《豐饒之海四部曲》等七十餘冊。

▲《春之雪》電影場景四國香川縣高松栗林公園

▲ 栗林公園景色

日本文學評論家村松岡說：「我認為三島的一貫主題就是在虛妄之上，如何才能開出『美』的燦爛花朵。換言之，即是在沒有神的地平線，應該如何重建價值？這也正是現代世界的共同課題。」

他是具有強烈神經質的人，凡事要求必須以最佳姿態出現，形貌務必好看，甚至周遭一切，都以能襯托出他剛毅、雄性的氣質為主軸。

如是三島由紀夫，當尋找婚姻對象時，據稱，列出五個十分苛刻的擇偶條件，首先，對方的儀態、容貌必須端正，要抱持嫁給平岡公威，而不是名作家三島由紀夫的心情；其次，因為他的個頭不高，這個女人就是穿上高跟鞋，絕對不能高過他；再來，這個女人還得圓臉可愛，會照顧家庭、孝敬長輩，並且不能打擾他工作。

如此愛美、潔癖的三島，後來選擇杉山瑤子為妻，傳說之前差些被他相中的正田美智子，後來嫁給皇太子明仁。杉山瑤子身高一百五十二公分，比三島矮了五公分。他和瑤子結婚時，日本某雜誌社做了一項調查，接受調查的女性，有五〇％的人認為寧可自殺也不會嫁給他。

## 關於《豐饒之海》

《豐饒之海》是三島創作後期的長篇鉅作，共四部：《春雪》、《奔馬》、

日文版《春之雪》

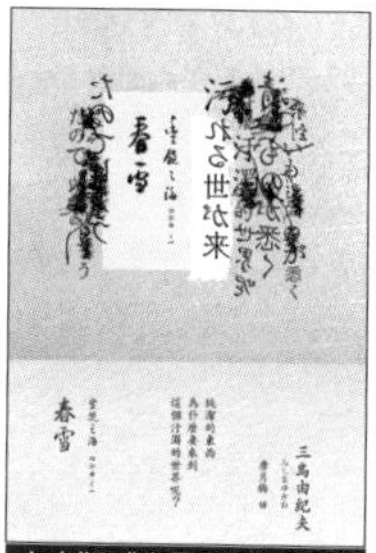

中文版《春雪：豐饒之海》二版

**中文譯本：**

·《春雪：豐饒之海1》二版，唐月梅、許金龍、劉光宇、徐秉潔、林少華／譯，二〇一八年十一月，木馬文化出版。

《曉寺》、《天人五衰》。一九六五年開始在《新潮雜誌》連載，三島式美學的極致作品。

「豐饒海」為存在月球的一個巨大坑洞，稱名「豐饒」，其實是個「匱乏」的地方。想來，他會以「豐饒之海」作為他末期創作的小說總稱，應是源於對天人壽命將盡時，所出現的種種異狀，產生輪迴轉世的意象吧！

相對輪迴轉世，這系列鉅著，以日本分裂的南北朝，室町幕府時代的《浜松中納言物語》為藍本寫成。《浜松中納言物語》是以夢的啟示和輪迴轉世為核心的戀愛物語。內容描寫一對毫無血緣關係的兄妹，淒寒的悲戀；主角浜松中納言幼年失怙，時值年輕貌美的母親再婚嫁給左大將，左大將育有一位長相絕美的女兒大君，大君和浜松中納言兩人因父執輩關係，從小感情要好；然而，將成為東宮的式部卿宮插隊愛上大君，並予以求婚，左大將決定將女兒許配給式部卿宮，浜松中納言得知大君要嫁人，才驚覺自己愛她極深，後悔莫及⋯⋯。

《豐饒之海》傳輸佛教唯識思想、神道一靈四魂說、能樂中的「仕手」和「脇役」等東洋傳統意識。自述：「我正計畫明年寫一部長篇小說，可是，沒有形成時代核心的哲學，如何寫成一部長篇？我為此遍索枯腸，儘管現成的題材多得不勝枚舉。」後來，他果然做到了，就在遺作《豐饒之海》實踐他意識中，迷惑的二十歲肉體，那種「足以令人窒息的美」的青春，在輪迴轉世的意象裡，進入淒美，走向死亡。

## 關於《春雪》

《豐饒之海》四部曲第一部《春雪》，小說背景設定大正年間，侯爵公子松枝清顯和伯爵千金綾倉聰子之間的愛戀。時值歐洲第一次世界大戰。

明治維新後躍身世界列強的日本，為擴張勢力不斷對外用兵，使社會充滿陰晦氣氛。原本富商巨賈的松枝侯爵家，兒子清顯與綾倉伯爵之女聰子是青梅竹馬，清顯比聰子小二歲，對聰子情有獨鍾，卻沒勇氣表白，只能以笨拙方式傳達想法，時常做些幼稚舉動引起聰子注意。

後來，多虧同學兼好友本多繁邦幫忙，兩人才得有機會幽會。某個冷冽的冬日上午，兩人乘坐馬車賞雪，望著馬車外紛紜飄落的細雪，在沒有避開對方眼神的

▲ 電影場景高松玉藻公園披雲閣

▲ 玉藻公園乘舟

情況下，自然接吻。作者描述聰子踏入馬車廂那一刻，寫道：「那是鑽進車裡來的一堆點燃紫色薰衣香的芬芳，清顯彷彿感到飄到自己身上那冰冷的雪花，在頃刻間散發出芳香。」說著如詩一般的語言。

聰子在惶惑中與清顯發生關係，兩人終於有了肌膚之親，但他優柔寡斷和任性的脾氣，不時表現出大男人主義，傷害聰子極深，導致兩人的感情陷入混沌不明，她把握不住他的情緒，最後迫使她不得不答應家族安排，同意天皇敕許和洞院宮家治典親王訂婚。

洞院宮家治典親王與綾倉聰子的婚事提案被積極推動，對即將陷入沒落困境的綾倉家來說，是絕無僅有，可以翻身的大好機會。這時，聰子拚命想確認清顯對她的感情，但他卻在重要時刻，以自相矛盾的理由推卸，甚至中斷與聰子聯繫。最後，失望的聰子只好黯然接受與宮家婚約。

就在即將失去聰子當下，他驚覺對聰子的愛如此深刻，思念猶如水壩潰堤般泛濫，他暗自神傷的期望能重新得到聰子的愛。一度想放棄清顯的聰子，再次接受他。重逢後的兩人愛得愈加熾熱，然而，這是不能被饒恕的「禁斷之愛」，兩人只好避開他人耳目，私下幽會，無法真正享受光明正大的愛戀。

私通幽會的流言傳到兩家人耳裡，侯爵認為兒子清顯的行為有違倫常，對他出入的行動嚴密監控；另一邊，伯爵夫人力勸女兒聰子回心轉意，維持婚約，聰子不從。使人感到惶惑不安的事終於發生，當綾倉伯爵家知道聰子懷孕後，方寸大亂，唯恐天皇怪罪，私下前往大阪讓醫生為她墮胎，並偽造病歷，請求宮家解除婚約。

為了守護愛情，以及消除情愛帶來的災厄，聰子墮胎後，以出家為由，悄然進入位於奈良的月修寺，削髮為尼，發誓不再與心愛的人見面；清顯見不到聰子，抑鬱寡歡，竟感染嚴重肺疾。

由於本多的建議，以及情愛煎熬的烈火熾燒，促使他硬撐病體，從東京乘車到奈良，在下著鵝毛大雪之際，堅持進入寺院，探望聰子最後一面，卻遭月修寺住持橫加阻攔。他在雪中苦等五天，始終無法見到聰子。作者寫道：「天空轉陰，飄落的雪花漸漸變密。他脫下皮手套，伸開掌心接受飄落的雪花，雪花落在灼熱的掌心立刻消融，這雙美麗的手一點也不髒，連一個水泡也沒有。清顯不由得想道：在這一生，終於把這雙優美的手保護住了，絕不讓它沾上泥土、血跡、汗水等污穢的東西。這是一雙只在表達感情時才會使用的手。」

最後，清顯在本多攙扶下，頂著生離死別的無奈、淒涼、難捨，以及絕望冰冷的春雪，離開奈良，回到東京宅邸。病榻，他作了一個夢，醒來後，喃喃自語：「還會見面的，一定還會再見面的，在瀑布下……。」他寫信給母親，告訴她夢中情景，並請她將《夢日記》轉送給本多。三日後的一九一四年三月二日，在肺疾和憂鬱雙重病痛夾擊下，結束短暫二十歲生命。

注：「自體中毒症」好發年齡在二歲到十歲，病常在週一早晨發作。松田道雄《育兒百科》中說明，病發時會一下就癱軟、嘔吐（血性），嚴重時體內代謝機制混亂，尿液也會出現異常的酮體，病情惡化會喪失意識。由於症狀與中毒引起的痢疾非常相似，早年醫師以為是中毒，卻檢測不出是什麼引起，於是起了「自體中毒」的名字。病名很容易引起誤會，乃屬幼兒的「周期性嘔吐症候群（Cyclic Vomiting Syndrome）」，會反覆急性發作，不發作時完全健康，發作前可能有自律神經失調（心跳快、冒汗、臉發白），發作時間持續一個小時、吐四次以上，可能有偏頭痛的家族史。

## 經典名句

- 真正的優雅是不怕任何淫亂。
- 因為陷入夢境太深，夢溢出到現實的領域，終於造成泛濫。
- 自己彷彿身在一個灌滿水的皮袋般的世界底層的小岩洞，聽著「時間」的水滴，一滴一滴落下去的聲音。
- 人們的讚美使侯爵第一次驚訝地發現自己的兒子的確一表人才，然而美得令人產生一種無常的感覺。

25

豐饒之海四部曲第二卷

# 奔馬．三島由紀夫

讓自己深陷進去的感動全都是危險的。

作者．三島由紀夫

## 關於《奔馬》

本多繁邦好似《豐饒之海》說書人，形影不時貫穿其間，他認為第一世的松枝清顯：「有個不好的傾向，他輕蔑愛慕自己的人，近於冷酷。這一點，本多早就觀察出來，再沒有誰比本多更了解這個朋友。本多心想，清顯這種倨傲，是在十三歲那年知道別人對自己的俊美喝采以後，好像黴菌一樣從心底悄悄培育起來的，那是一種銀白色黴菌花，一旦接觸它，彷彿就會響起鈴聲。」書中寫道：「清顯任性的心，具有不可思議的危險性，那就是讓腐蝕自己不安的情

▲ 來往伊豆的駿河灣

**文學地景：**

**靜岡：**熱海市伊豆山、駿河灣。

▲ 伊豆下田海岸

▲ 伊豆下田白浜海灘

緒增長起來。」

又說：「倘若這是戀情，有這麼大的吸引力和持續性，多像年輕人啊。然而，他的情況卻不是這樣。聽子知道，與其說他愛一朵美麗的鮮花，毋寧說他更愛長滿刺的暗淡的花種子，他正躍躍欲試，也許聽子因此才種下這顆種子。清顯已經給這種子澆水，讓它萌芽，一心等待它在心田繁茂起來，此外別無他求，他已經不再關心其他事了。他目不斜視，只顧培育不安的情緒。」

之後，《豐饒之海》第二部《奔馬》，美男子松枝清顯轉世成另一個美男子飯沼勳。

小說敘述，擔任大阪控訴院（今大阪高等法院）法官的本多，某日在奈良櫻井市三輪山的三光瀑布，確信遇見從清顯轉世過來的飯沼勳。

《奔馬》裡的飯沼勳是一名激進的右翼青年，意圖謀刺財經界領袖，本多知情後，曾寫了封長信勸諫飯沼勳，告訴他夢境不可視為現實，懇談結果仍無法改變他的決定，事發前即遭逮捕；故事結局落在二十歲的飯沼勳被釋放後，獨自前往刺殺財界的伊豆山稻村的山崖，「用左手撫摸肚皮，然後閉上眼睛，把右手小刀的刀刃壓在那裡，再用左手的指尖定好位置，右腕用力刺了進去。」

又是二十歲，又是自戕。三島式的死亡美學，本能的建築在自戀基礎上，「我終於愛上自己的腋窩」。

他的確是個愛文學、愛美學，更愛筆下美男子死亡的實踐者，如同《金閣寺》，使見習僧人溝口感到美得過分耀眼的金閣寺，最後慘遭縱火燒燬的滅絕；《鏡子之家》峻吉、收、夏雄，這三個經常聚集在烏托邦式俱樂部「鏡子之家」的年輕人，不約而同走向死亡，或走向極端右翼、神祕主義，最終讓青春成為早頹的輓歌。

還有，《春雪》死於肺炎的松枝清顯；《曉寺》回到暹羅後被毒蛇咬死的月光公主金讓；《天人五衰》自戀的安永透雖然在讀過清顯的《夢日記》後，自殺獲救，卻雙目失明。

三島認為，當摘下人性的假面具，也許正是暴露死亡可怕的真面目；要變成俊美男子的意志與擁抱同一種希望的女人的意志大不相同，它必然是「通向死亡的意志」。

日文版《奔馬》

志文出版《奔馬》

**中文譯本：**

·《奔馬：豐饒之海2》二版，許金龍／譯，二〇一八年十二月，木馬文化出版。

「我們存在的本身，就是潛在的死亡。」他在《奔馬》提到：「所謂純粹，就是把花一般的觀念，帶有薄荷味的含漱藥味一般的觀念，以及在慈母懷抱撒嬌一般的觀念，直接轉化為血的觀念，砍倒邪惡的大刀的觀念、從肩部斜劈下去時血花飛濺的觀念，以及切腹的觀念。在『櫻花落英繽紛』之時，血淋淋的屍身隨即化作飄逸清香的櫻花。所謂純粹，就是把兩種全然相反的觀念隨心所欲進行轉換。因此，純粹就是詩。」

他的「純粹」一旦表現在文學作品，若不是美，就是死亡，顯得如此沉重，以致使人閱讀他的文字，常被驚豔的描述撼顫得快喘不過氣。他藉《金閣寺》說出心中的美和心目中的美男子：「美的東西，對我來說，是宿敵。」又說：

「青銅時代的男性平均壽命是十八歲，古羅馬時代的男性壽命是二十二歲。天堂裡必定擁擠著美麗的青年……」

再如，《假面的告白》寫道：「在小孩所能觸及的範圍，我涉獵所有的故事書，我不愛公主，只愛王子，尤其被殺的王子，在死亡邊緣徘徊的王子我更加喜愛。總之，我愛一切被殺的年輕人。」只因「王子負有死亡的命運」。又說：「我喜歡幻想自己暫時被殺死的狀態，但對死亡的恐懼卻又比平常人高一倍。」所以，從《春雪》的松枝清顯轉世成《奔馬》的飯沼勳，同樣必須面臨俊美與死亡的折磨。

**經典名句**

- 隨年齡增長，現實變得多種多樣，把過去扭曲成無數的變形。
- 把那些不明緣由的淡淡悲哀當作薄荷一樣含在口裡的幸福，才是真正、永恆的幸福。

# 26 豐饒之海四部曲第三卷

## 曉寺．三島由紀夫

這個世界不存在不幸的專利，正如不存在幸福的專利。

作者．三島由紀夫

### 關於《曉寺》

《豐饒之海》第三部《曉寺》，敘述四十七歲的本多繁邦，轉行律師，某日前往泰國曼谷出差；本來打算順道拜晤年輕時結識的兩位暹羅王子。儘管後來無緣相見，卻在無意間發現緣起松枝清顯和飯沼勳轉世，時年七歲的月光公主。

本多在暹羅遇到轉世的飯沼勳，他在這一世成為暹羅的月光公主金讓，是《曉寺》的重點。

十年後，金讓長大成人，到日本留學，遇到本多。當時的他因打贏一件纏訟多年的官司，得到一筆為數不小的土地，加上理財得當，無需再為生活操勞，便將事務所交由幾位年輕人打理，在山上蓋建一棟別墅，與鄰居慶子結為莫逆；他邀月光公主前往作客，同時將戰後意外獲得，兩名暹羅王子遺留日本的綠寶石戒指，物歸原主。

本多把月光公主留宿在別墅客房；有偷窺癖的本多，始終關心清顯與飯沼勳轉世，對月光公主的女身產生不可自拔的迷戀。某天，從牆壁的窺孔偷看到月光公主的裸體，發現她的左側腹有三顆黑痣，進而相信她便是清顯、飯沼勳的前世轉生，甚至發覺月光公主本人是同性戀者的祕密，她跟本多的好友慶子，因緣際會發生親密的肉體關係。本多本能地經常從窺孔觀賞金讓和慶子兩個女人翻雲覆雨的模樣。

故事結尾敘述月光公主回國不久，在二十歲那年春天，不幸被響尾蛇咬死。

三島運用文學和美學聯手支持他心中對性愛、美和死亡的態度，這種看似精練的創作技巧，卻是經過巧妙計畫，使之正常化、合理化。然而，他對同性之愛、死亡美學的態度如同被某種惡性病毒入侵，最後連自己都深陷「我期

▲ 京都金閣寺因三島的小說《金閣寺》名滿天下

日文版《曉寺》

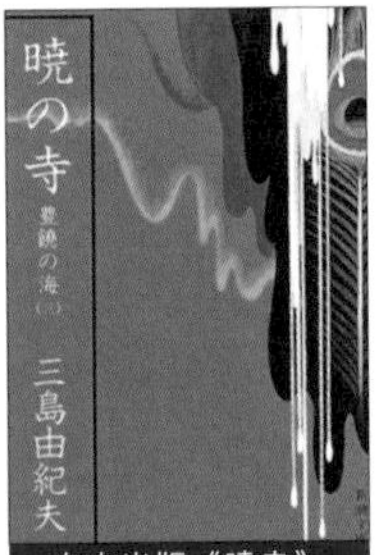


志文出版《曉寺》

中文譯本：

- 《曉寺：豐饒之海3》二版，劉光宇、徐秉潔／譯，二〇一九年一月，木馬文化出版。

▲ 松枝清顯死去後轉送給本多繁邦的《夢日記》

待自我毀滅。活著是為了死，經過這短暫的生之涯，我衷心盼望那一刻早日到來。」

因此，閱讀《曉寺》，讀到金讓與慶子的女女戀情，兩個陰柔的個體，成就極致的絕美，便不感意外了。

日文版《憂國》

**延伸閱讀：**

・《憂國》：三島由紀夫／著，劉子倩／譯，大牌出版。以細緻筆調呈現唯美性愛，用寫實描述切腹過程與肉體變化，華麗展現三島式的暴烈美學。他說：「想把三島的優劣一次濃縮成精華小說來閱讀，我建議讀者選讀《憂國》。」

**經典名句**

- 若有半點誤解，誤解便產生幻想，幻想產生美。
- 只要給人一點有教養的信仰，社會信用就會成倍增加。
- 世上根本沒有什麼得天獨厚的人物。

27

豐饒之海四部曲第四卷

# 天人五衰・三島由紀夫

十七歲的安永透就像一朵濕糜之花，盛開在本多的臂彎下。

作者・三島由紀夫

## 關於《天人五衰》

《豐饒之海》最末一部《天人五衰》。五衰者，天人將死時，現五種衰相。《涅槃經》卷十七曰：「一者衣裳垢膩，二者頭上花萎，三者身體臭穢，四者腋下汗出，五者不樂本座。」

故事敘述七十八歲的本多，某日前往靜岡駿河灣三保半島的御穗神社，觀看據稱是天人羽衣殘片後，同時拜訪曾經去過，卻沒能入內探訪的港口信號站，無意間在船公司遇到脇下有三顆黑痣，十七歲的俊美少年安永透，認定他是這一連串輪迴的產物，便將無父無母的安永透領為養子照料。

十七歲的安永透就像一朵濕糜之花，盛開在本多的臂彎下。這鮮活動人的男性胴體，勾起本多截然不同的聯想，他想起在公園遇到過的老青年。原來男色愛好者的地獄和女人在同一處地方，那就是衰老啊。本多彷彿看見一個人人都要墮落下去，布滿枯骨的深井，井底浮現的就是老青年濃妝的臉孔。想到這裡，本多打了個寒顫，緊擁安永透，沉沉睡去。

幾年後，安永透考上東京帝國大學，開始虐待本多，稍有不如意，本多就遭安永透毒打。不久，安永透將原本住在清水的瘋女絹江接來照顧，在瘋女面前，他流露出甜蜜的溫柔模樣。

本多沒料到安永透考上大學便顯露人性另一面，暴力、冷酷而凶殘——難道他自始至終都搞錯了，這少年並不是俊美的清顯、飯沼勳，或月光公主的轉世？

收養安永透當養子，他在驕傲心理驅使下，幻想將養父踢到失敗者位置，自己坐享其成。本多則一心等待安永透的二十歲到來，希望由此證實他是否為月光公主金讓轉世的天人；不料本多的好友慶子看不慣安永透的作為，將轉世之

▲ 靜岡縣清水三保松原為世界文化遺產

**文學地景：**
**靜岡：**靜岡市、三保松原、御穗神社、清水港。
**東京：**明治神宮、外苑、畫館。

▲ 三保松原羽車神社

▲ 流傳仙女下凡的御穗神社

說全盤托出，安永透在讀過清顯留下的《夢日記》，知道自己只是他人的轉世之身，並非能自由選擇命運的人之後，於二十歲生日當天服毒自殺。

慶子認為，如果安永透是假的，那麼月光公主、飯沼勳跟松枝清顯都是幻象！慶子說：「本多先生遇到你，見到你的黑痣，一眼就看穿這點。於是下定決心，無論如何都要把你放在身邊，救你脫離危險。如果不理不睬，把你交給迷戀的『天命』，在二十歲就會被造物主殺死。」

又說：「本多先生想藉由把你收為養子，擊毀你荒謬的『神之子』的自命不凡，注入普世教養和幸福，把你改造成隨處可見的平庸青年，從而使你得救。你是不承認擁有和我們相同的出發點，標記就是三顆黑痣。本多用最大限度想

日文版《天人五衰》

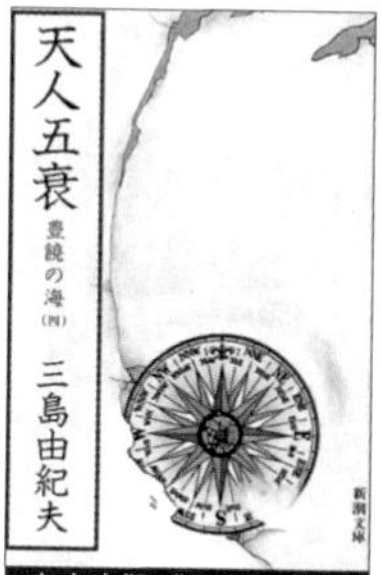

志文出版《天人五衰》

**中文譯本：**

・《天人五衰：豐饒之海 4》二版，林少華／譯，二〇一九年一月，木馬文化出版。

救你，才隱瞞真相收你為養子——這顯然是出於人的愛心，儘管是對人了解過多的愛心。」

安永透感到不解，問道：「為什麼我二十歲一定得死？」

「硬是要證據的話，本多先生現在也應當還珍藏松枝清顯那本《夢日記》，你可以借來看。據說日記寫的全部是夢，又一一成了現實……不過，剛才說的這些，也可能跟你沒任何一點關係。不錯，金讓是死於春季，而你的生日是三月二十日，並且同樣有三顆黑痣，因此很容易使人認為你必是金讓轉世。問題是金讓的死期弄不確切。金讓的孿生姊姊也只說是春天，粗心的是她沒有記清妹妹的忌日。本多後來用了很多辦法，可惜詳情始終不得而知。所以，假定金讓被蛇咬死是在三月二十一日以後，你就可以無罪獲釋。轉世至少需七天時間。也就是說，你的生日必須在金讓死後七天以上。」

聽了慶子這番話，安永透決定自殺，希望透過死亡來證明自己是松枝清顯、飯沼勳、月光公主輪迴轉世的人。

自殺未成，導致雙目失明的安永透黯然度過二十一歲。本多則因在明治神宮外苑偷窺情侶相愛的醜聞遭雜誌大肆報導，羞於見人，遂留下與絹江結婚的安永透，獨自搭車前往奈良，去到六十一年後再度造訪的月修寺，與聰子會面。聰子自始至終否認清顯的存在，表示一切都是本多的夢。

是吧，也許什麼都沒有，甚至連清顯都不存在，這所有一切，或許只是本多的幻覺而已！

整部小說就在：「這是一座別無奇巧的庭院，優雅、閒靜而明朗。只有像是數著念珠的蟬鳴在那裡迴響，除此之外沒有其他聲音，一派寂寥到了極點。庭園一無所有。本多心想，自己來到了一個既無記憶，又別無他物的地方，夏日無盡的陽光，悄無聲息……」畫下無比愴然的休止符。

日本文學評論家佐伯彰一認為是神話小說的《豐饒之海》，除了輪迴、夢、死亡，還是輪迴。

從《豐饒之海第一部：春雪》，以喜歡窺伺他人情事的本多眼下所見的清顯，一段充滿遺憾青春戀情的敘述，到《豐饒之海第四部：天人五衰》，三島

▲ 東京明治神宮

在死亡美學與輪迴轉世的意念裡，不斷凸顯和證明自己並非個性陰柔的人。

作者刻意安排安永透自殺不成，是意圖說明天人根本沒有轉世這回事，還是天人生生世世都活在輪迴之中？

充斥毫無生機的冷清結局，《天人五衰》對眾生六道十界，究竟有無存在輪迴轉世的情事，藉由本多繁邦這個怪老頭的眼界，轉述關於徒勞的情愛、徒勞的肉體，以及徒勞的一切。

**經典名句**

- 十二歲的男孩惹人喜愛；當他長到十三歲就變得更俊美；十四歲的少年如愛之花更加芬芳馥鬱；十五歲增添不少魅力；十六歲則是男色盡善盡美的年紀了。

# 火之鳥・手塚治虫

火之鳥，生與死，因與果的哲思。

作者・手塚治虫

一九二八年出生大阪豐都郡豐中町的手塚治虫，原名手塚治，喜歡觀察及收集昆蟲標本，小學五年級為自己取名手塚治虫，並要老師和同學這樣稱呼他。三十三歲的論文〈異型精子細胞膜構造的電子顯微鏡的考察〉獲奈良縣立醫科大學醫學博士學位，同時間成立「手塚治虫製作動畫部」。

成為醫學博士，他仍專注最愛的漫畫工作，由於喜愛大自然，漫畫充滿關心環保與世界和平的議題，對日本漫畫、電影，甚至青少年成長，深具影響。

十八歲，首次發表《小馬日記》、《小A小B探險記》，以及《珍念和小京》；十九歲，由知名漫畫家酒井七馬構成、手塚治虫繪畫的《新寶島》漫畫單行本發行，四十萬冊的銷售成績震撼日本，從此過著漫畫家和醫學院學生的兩棲生活；之後，發表《大金鋼》、《火星博士》、《怪盜黃金棒》、《遺失的世界》、《地底怪人》、《撒旦的家》、《一千年後的世界》、《森林魔境》、《有尾人》、《大都會》、《拳槍天使》等作品；二十三歲接觸華特・迪士尼的卡通電影《小鹿斑比》，連看八十多遍，觸發科幻鉅作《原子小金剛》；三十歲，《小美子》、《漫畫生物學》獲第三屆日本小學館漫畫賞，並參與東映動畫公司《西遊記》製作。

大師一生的漫畫著作超過三百種以上，榮獲的獎賞為數不少，一九六三年製作日本第一部黑白動漫《原子小金剛》於富士電視臺播映，《某個街角的故事》獲藝術祭獎勵賞、每日電影賞大藤信郎賞、藍緞帶教育文化電影賞；一九六五年《原子小金剛》獲厚生大臣表彰；一九六六年以首部彩色卡通《森林大帝》（小白獅王）獲電視記者協會特別賞；一九六七年製作《展覽會的畫》獲藝術祭獎勵賞、每日電影賞大藤信郎賞、藍緞帶教育文化電影賞、亞洲影展動畫部門賞；電影版《森林大帝》獲威尼斯國際影展銀獅獎、《原子小金剛》獲放送協會批評懇談會賞、《新森林大帝—前進雷歐》獲日本電視影片技術賞；一九七五年《怪醫黑傑克》獲日本漫畫家協會特別賞。

自我要求「草稿切勿草草了事」的手塚治虫，一九八九年二月九日，畫桌抱病趕稿，胃癌復發不治，享年六十一。紀念館設在兵庫縣寶塚市。

不少人的童年都跟原子小金剛、怪醫黑傑克（或稱怪醫秦博士）、三眼神童、火鳥、寶馬王子（或稱藍寶石王子）、森林大帝（或稱小白獅王）等動漫連結，強調「忽視精神世界的科技發展，一定導致人類和地球滅亡。」的手塚治虫，格外重視「生命」和「心靈」，這是漫畫之神留給後世重要的啟示。

## 關於漫畫版《火之鳥》

《火之鳥》是以「生」與「死」為題材繪製，一九五四年在《漫畫少年》

▲ 京都車站「手塚治虫博物館」

**文學地景：**

**京都：**京都車站二樓「手塚治虫博物館」。

**兵庫：**記念館廣場火之鳥雕像。

▲ 怪醫黑傑克

▲ 寶塚市手塚治虫記念館

▲ 記念館廣場火之鳥雕像

連載，一九五六至五七兩年間陸續在《少女CLUB》連載《埃及篇》、《希臘篇》、《羅馬篇》後來，又從《黎明篇》畫到《太陽篇》，仍未完成，作者過世後，留下遺稿《大地篇》。

二十一年間持續創作完成十二章節的《火之鳥》，影響後世不少漫畫家，這一系列作品大都後製成電影、動畫、廣播劇。

《火之鳥》被列為手塚治虫漫畫生涯的「生命之作」。火鳥是指浴火中重生的鳳凰，象徵永恆生命的個體，也是超自然的生命體，近似神的存在，她用超然眼光看待世間生命的輪迴。

作品內容從古代到未來，地點從以日本為主的地球到其他星球，探討生命

日文版《火之鳥》

中文版《火之鳥》

**中文譯本：**

・《火之鳥》，章澤儀／譯，二〇一二年五月，臺灣東販出版。

本質、人類業障等；故事由擁有喝下就會長生不老的血液「火之鳥」，與為這隻火鳥煩惱、痛苦、戰鬥，擁有殘酷命運的主角們共同組成；展現手塚治虫宏大、獨特思想為基礎繪製的鉅作。其涉獵的主題境界，生與死、因與果、過去到現在，至今沒任何一部漫畫能觸及，人稱「漫畫之神」。

《火之鳥》是他留給世人偉大的遺產、漫畫文明的璀璨瑰寶，更是漫畫歷史最經典的作品。

世上若真有一間「手塚治虫書店」，他的兒子手塚真提出意見：「第一本放入的漫畫，將會是《火之鳥》」，還說：「雖然直到現在我還是無法完全理解《火之鳥》。」

日文版《怪醫黑傑克》

**延伸閱讀：**

・《怪醫黑傑克》：手塚治虫／著，Blade／譯，臺灣東販出版。

醫學漫畫先河，描繪怪醫黑傑克，沒有醫師執照，卻常向患者提出巨額手術費，被稱無賴醫師。儘管多數人不諒解，他卻堅持信仰自己的醫學，並在助手皮諾可陪伴下，追尋生命意義。是手塚治虫藉此發洩對社會不滿之作。

## 經典名句

- 你殺了我，成為我，再被未來的你殺死。（異形篇）
- 戰爭就是殺人和強姦。（黎明篇）
- 神的紛爭，都是人類製造出來的。（太陽篇）
- 一旦與欲望結合，宗教就不自主，成為殘酷的工具。（太陽篇）
- 人類所依賴的電腦互相發起戰爭的指令，一切都將歸零。（未來篇）

29

原來回憶是那麼固執

# 女兒的道歉信．向田邦子

她的隨筆有股日本煎茶的淺淺香氣。（米果）

作者．向田邦子

一九二九年十一月出生東京世田谷區若林的向田邦子，由於父親任職東邦生命保險員的關係，從小在不斷遷徙中成長。就讀過宇都宮西原尋常小學校、目黑區立油面尋常小學校、鹿兒島市立山下尋常小學校、高松市立四番丁國民學校，最後自實踐女子專門學校國文科畢業。從事過編輯、編劇，一九八〇年獲第八十三回直木賞。

一九八一年八月二十二日，正值盛夏，她為隨筆寫作取材到臺灣旅行，搭乘遠航波音737-222客機，從松山機場前往高雄，飛機抵達苗栗三義上空，突然解體墜毀雙湖村大坑山區；乘客身首異處，綿延好幾公里。

第二天，臺灣、日本的報紙大篇幅報導，包括機組員六人、旅客一〇四人悉數罹難，旅客中有第一屆國民大會代表周世光、日本著名女作家向田邦子、十七名日本人、兩名美國人。向田邦子同機喪命，享年五十一，葬於東京府中市多磨靈園，法號「芳章院釋清邦」

她生前好友，作家、主持人黑柳徹子回憶：「當時《The Best Ten》節目播出中斷，不斷插播一則無可挽回、令人悲傷的慘事。向田邦子去臺灣旅行遇上飛機失事。三十多年後的今天，邦子的作品依然吸引許多年輕讀者，他們也憧

日文版《女兒的道歉信》

中文版《女兒的道歉信》

**中文譯本：**

・《女兒的道歉信》，張秋明／譯，二〇〇七年一月，麥田出版。

憬她的生活方式。我仍然能清楚記起接獲她的噩耗當下的衝擊。有時還會無法克制地想見她一面。」

一九八三年，為紀念她對劇本寫作的貢獻，創設「向田邦子賞」，獎勵從事劇本寫作的人。著作：《寺內貫太郎一家》、《父親的道歉信》、《女兒的道歉信》、《回憶．撲克牌》、《隔壁女子》、《午夜的玫瑰》、《女人的食指》、《宛如阿修羅》等。

## 關於《女兒的道歉信》

「父親的背影，永遠是女兒一生最難忘懷的景色。」被譽稱大和民族的張愛玲，日本人最不想遺忘的國民偶像傳奇女作家向田邦子，因〈父親的道歉信〉一文引發騷動，不斷向家人道歉，雖然敬畏，卻滿懷情意描繪記憶中的父親的邦子，寫下《女兒的道歉信》，知性文筆充滿感性，包容一切溫暖，敘述生活、回憶。全書收錄五十七篇小品，包括：〈被踩扁的紙鶴〉、〈織金錦緞〉、〈沉睡的酒盅〉、〈沒有寫字的明信片〉等，以日常趣事為題材，幽默、靈活的筆觸令人會心、鼻酸。

喜歡數字二、愛貓狗成癡、提到味醂魚乾就想哭的邦子，在〈沒有寫字的明信片〉描述，戰時一家人和最小妹妹分隔兩地生活，父親叫不會寫字的妹妹每天寄一封畫上〇的明信片報平安，剛開始都是大大的〇，後來〇越來越小，最後變成？……。在〈被踩扁的紙鶴〉描述，美勞課時，她第一個摺完紙鶴，好心幫忙不會摺的同學，回到座位卻發現自己的紙鶴掉到地上，還被踩扁，最後只剩自己來不及在下課前重作。

二十世紀日本文學界的才女，她總會讓人在她的文章，找到自己和過去的回憶，然後，從中獲取繼續大步往前走的勇氣。

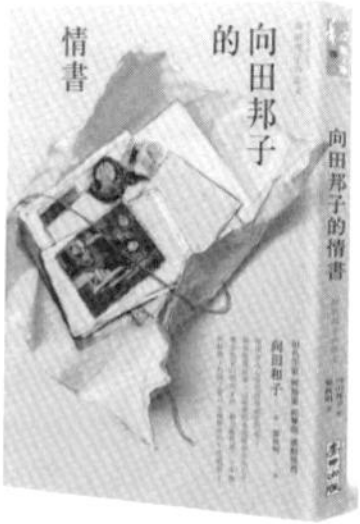


中文版《向田邦子的情書》

**延伸閱讀：**

・《向田邦子的情書》：向田邦子／著，張秋明／譯，麥田出版。在向田邦子與N先生往返的書信、日記裡，沒有「我愛你」這三個字，卻無處不見愛與彼此牽繫的心。

「回憶也有鮮度。心中掛念的回憶之地，造訪也好、留存遙思也好，奇妙的是明明才剛回去過，才剛親眼目睹的今日風光，頓時又褪色，不知不覺變成記憶中如羊羹色的泛黃照片。原來回憶竟是那麼地固執呀！」使人感受深刻的內容啊！

**經典名句**

- 歲月是不會等待女孩子的。如今才開始急著摺紙鶴，早已來不及了。
- 女人似乎總在自己喜愛的狹隘框框裡閱讀類似書籍。

30

## 那場戰爭，那個時代的真實樣貌

# 少年H・妹尾河童

**戰爭與敗戰對這個國家百姓的衝擊與摧毀有多大呀！**

作者・妹尾河童

一九三〇年出生神戶長田區鷹取町的妹尾河童，本名妹尾肇，就讀縣立兵庫高等學校，讀書期間，神戶遭美機空襲轟炸，房子燒燬，僅能暫居教室改造的臨時屋；戰爭的恐怖氣氛籠罩四周。

一九五二年，學校畢業，因對舞臺設計感興趣，前赴東京發展，寄宿舞臺藝術大師藤原義江的家，先從插圖設計做起，並未投身效力藤原義江主持的歌劇團。兩年後，受藤原義江鼓勵，為歌劇團設計托斯卡舞臺，這是他人生第一座舞臺設計作品，劇團公演深受好評，此後便以舞臺設計者身分進入表演藝術界。

他在業界嶄露頭角，順利活躍戲劇、歌劇、芭蕾舞、音樂劇、電視等表演藝術的舞臺設計，由於順應各類藝術表演、展現別具風格的視覺效果，遂成日本當代具代表性的舞臺設計家。曾獲「紀伊國屋演劇賞」、「山多利音樂賞」、「藝術祭優秀賞」、「兵庫縣文化賞」、「每日出版文化賞」等獎項。

舞臺設計之餘，不時創作文學，小說《少年H》，以及不少以獨特幽默的小品文輔以插圖的作品廣受歡迎。第二任妻子是隨筆作家風間茂子，一九八七年出版《家事可以這麼有趣！》受到青睞，後來又出版《河童家庭大不同》。

一九七〇年，獲選日本文化廳新進藝術家在外研修員，前往歐洲學習舞臺設計美學。一九七六年出版第一本書《窺看歐洲》。一九九七年獲每日出版文化賞特別賞。

認真寫作的結果，舞臺設計師也能成就作家，截至目前，出版有：《窺看歐洲》、《窺看印度》、《河童旅行素描本》、《窺看日本》、《妹尾河童之邊走邊啃醃蘿蔔》、《窺看河童》、《廁所大不同》、《工作大不同》、《窺看舞臺》、《少年H》等書。

## 關於《少年H》

「因為老了，越來越想把自己知道的事告訴孩子。如果不把過往記憶保存下來、傳達下一代，這些記憶就會消失。」少時生活在戰爭環境的妹尾河童說。所以，有了後來的《少年H》。

少年H從小在充滿自由氣息的神戶長大，信仰基督教的家庭經營洋服，身為西裝師傅的父親、虔誠基督徒的母親教育下，對任何事充滿好奇、探究心與正義感，一旦發現奇怪的事便直接提問，絕不人云亦云、隨波逐流。

他的中學時代，戰爭煙硝瀰漫全國，學校課業被軍事訓練、勞動服務取代，跋扈的軍事教官將他視為不愛國的叛逆分子並加凌虐。隨戰事擴大，國內軍事管制愈加嚴苛，想不通也問不到答案的事愈來愈多。私藏西洋黑膠唱片的鄰居被逮捕、因無法拒絕兵役自盡的反串演員、Ｈ的父親收到一張從美國寄來的明信片被懷疑是間諜⋯⋯。

軍警追捕、嚴刑拷打，造成不少冤案，社會充滿戰慄氣息。後來，隨日軍敗退，戰局蔓延本土，空襲毀滅他在神戶的家，差些奪走家人性命。一九四五年夏，日本戰敗投降，戰爭結束。然，戰後嚴峻的生活與錯亂的社會價值嚴重打擊他，質問：「這場戰爭到底是為了什麼啊？」

網路作家米果說：「讀了妹尾河童的自傳小說《少年Ｈ》，終於有機會從日本的裡層百姓視野，尤其是中學生的目線，得知戰爭與敗戰對這個國家百姓的衝擊與摧毀。」

日文版《少年Ｈ》

日文版《少年Ｈ》

中文版《少年Ｈ》

**中文譯本：**

·《少年Ｈ》，張致斌／譯，二〇一二年十一月，遠流出版。

## 經典名句

- 我們不過都是普通人而已。
- 事情會變成這樣，你朋友的心裡一定不好受。
- 一定要忍，可不能等到戰爭結束，才發現自己變成一個可恥的人。

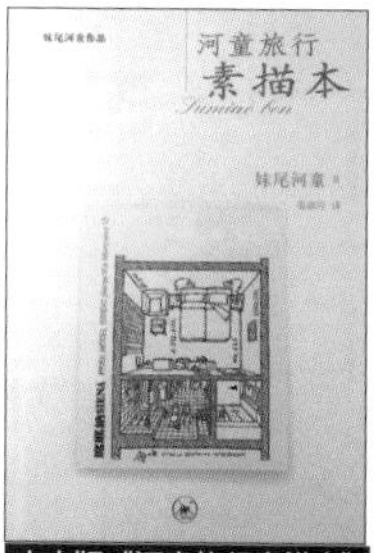


中文版《河童旅行素描本》

**延伸閱讀：**

・《河童旅行素描本》：妹尾河童／著，姜淑玲／譯，遠流出版。
關於旅行的閒話軼事、食家的奇談妙聞、友人互贈的珍稀蒐藏，窺看高手的旅行記趣。

31

我想跟他們一起再吃一次便當

# 窗邊的小荳荳．黑柳徹子

我想跟他們一起再吃一次便當。想問他們，有沒有吃到山珍和海味？

作者．黑柳徹子

一九三三年八月出生東京港區乃木坂的黑柳徹子，小學一年級被老師認定為「問題兒童」，而遭退學。父親黑柳守綱是NHK交響樂團首席小提琴家、母親黑柳朝是隨筆家。二戰期間為避空襲，跟家人疏散青森縣三戶郡。東京音樂大學卒業。一九五三年進入演藝界，隸屬NHK廣播劇團，成為首席女演員，演出眾多舞台劇，演藝事業主要為聲優、主持人、演員。

一九六一年，獲第一回日本放送作家協會賞、女演員獎。

生命經歷無比豐盛的黑柳徹子，藝人、電視節目主持人、隨筆家，還是聯合國兒童基金會親善大使、和平運動家，走過最貧窮的國家，到過內戰最頻繁的地區，為孩子送巧克力，獻上愛。

一九七一年曾到國外演劇學校留學。一九八五年獲波蘭政府授予亞努斯・科扎克賞。二〇〇三年獲頒日本政府三等瑞寶勛章。

日本電視開播以來，超過五十年時間，徹子始終活躍第一線，是日本電視史最具代表性的國寶級藝人，一九七八年主持朝日電視臺《徹子的房間》，至今超過四十年。二〇一五年五月，《徹子的房間》播出第一萬集，締造金氏世界紀錄，最長壽、單一主持的節目；連同二〇一三年，徹子成為歷史上最長久的單一節目主持人，同一節目獲兩項金氏世界紀錄。

海內外大明星、作家、政治人物，幾乎都上過《徹子的房間》，鄧麗君、英國女王伊莉莎白二世的丈夫菲利浦親王、湯姆克魯斯，甚至小叮噹、凱蒂貓都曾是座上賓。

「聖誕節前後，我會把一整年在《徹子的房間》穿過的衣服拿到日本橋高島

▲ 東京目黑區自由之丘車站

**文學地景：**

**東京：**目黑區，自由之丘巴氏學園（目前改建為超市）、紀念碑。

▲ 自由之丘「巴氏學園」記念碑

屋拍賣，收入全數捐給『與青少年一起向前會』。聽說，這筆錢足夠用來蓋三棟房子收留孤兒。雖然我有想過一衣二穿，但沒這麼做，因為衣服若能幫助孩子，我更開心。」她說。

始終梳著招牌洋蔥頭的黑柳徹子，一九七三年出版《荳荳的感情世界》，一九八一年出版《窗邊的小荳荳》，是藝人的自傳隨筆集，講談社出版，獲第五回路傍之石文學賞；累積印行量超過八百萬冊，締造二次大戰後，日本最暢銷書籍。

其他相關著作：《丟三落四的小豆豆》、《小豆豆與小豆豆們》、《小時候就在想的事》、《不可思議國的小豆豆》等。

日文版《窗邊的小荳荳》

中文版《窗邊的小荳荳》

**中文譯本：**

・《窗邊的小荳荳》，王蘊潔／譯，二〇一五年七月，親子天下出版。

諾貝爾文學獎得主大江健三郎說：「黑柳女士擁有電視和文章可以作為武器，她總是那麼認真投入，而且長久以來持續不斷努力，讓我很感動。」過人成就並非日本人喜歡她的原因，無厘頭又充滿自信的個性才是吧！

## 關於《窗邊的小荳荳》

日語「窓ぎわ」出自「窓際族」，職場意指不受重視，坐冷板凳的人。《窗邊的小荳荳》不是指坐在窗邊的小荳荳，而是說明好動的小荳荳，因為不受管教，遭學校退學，才自稱是班級不被重視的「窗邊族」。

作者幼時口齒不清，常把自己的名字「徹子」（Tetsuko）發音成「荳荳」

中文版《不管多寂寞，我依然放送歡笑》

**延伸閱讀：**

·《不管多寂寞，我依然放送歡笑：窗邊小荳荳的藝界人生》：黑柳徹子／著，柯欣妤／譯，原點出版。

從被退學到長大後進入演藝圈，黑柳徹子的人生寫下空前絕後的紀錄，亞洲地區狂銷近兩千萬冊，《窗邊的小荳荳》作者的回憶錄。

（Totto），從此，荳荳成為她的暱稱。

本書講述作者小學時代的真實經歷。遭學校退學，到巴氏學園就讀，在小林校長引導下，常遭人另眼相待的荳荳逐漸轉變成一個能跟大家相處融洽、同學也能接受的孩子，於此，奠定她後來健全的人生基礎。

獨樹一幟的見解和幽默、生動的文字、溫馨的插畫，《窗邊的小荳荳》不僅帶給讀者歡笑、感動，且以了解、接納、尊重、關懷，描繪讓孩子自在成長，而成二十世紀具影響力的兒童文學之作。

### 經典名句

- 一個平等的社會，對孩子來說才是最好的環境。
- 每個人都沒有分別，大家要一起做。
- 孩子的夢想遠比老師的計畫偉大。

32

日本文學漫畫經典之作

# 少爺的時代．「少爺」的時代第一卷

時代包圍了漱石，漱石超越了時代。

作者・關川夏央

作者・谷口治郎

一九四九年出生新潟縣長岡市的關川夏央，長岡高中畢業，就讀索菲亞大學外語系遭退學。曾任早稻田大學客座教授、國務院區委員會委員、神戶學院客座教授。

父親是高中語言教師，母親來自大學英語系，熱心教育，夏央從小被迫學習英語，他卻覺得沒必要，寧願從傳教士那裡學習英語。高中時代，從事兼職工作，後來，在出版公司任職編輯、色情漫畫雜誌主編、漫畫原創文字工作。

二十四歲結婚，一年後離婚。

▲ 松山市少爺火車

**文學地景：**

**四國：**松山市道後溫泉、少爺火車、少爺鐘。

▲ 《少爺》電影海報

▲ 《少爺》群像中的「哥兒」老師

▲ 道後溫泉旁的《少爺》群像

著作包括：《跨越海峽的全壘打》、《首爾的練習題》、《光明的昭和時代》、《家族的昭和》、《二葉亭四迷的明治四十一年》等書，二〇一〇年獲頒司馬遼太郎創作賞。

一九七七年，遇到漫畫家谷口次郎，兩人合作漫畫。直到目前，仍是小林秀雄賞的評選委員。

一九四七年出生鳥取縣鳥取市的谷口治郎，鳥取高商畢業，在京都一家纖維生產公司上班，一九六六年，以漫畫家為職志上京，起初進石川球太門下，擔任助理，一九七一年以《嗄れた部屋》發表在《少年畫報社》正式出道。其後，從上村一夫的門下獨立，主要和關川夏央等多位漫畫原創者合作，創作出冷硬派、動物、冒險、格鬥、文藝、科幻等領域的青年漫畫。

一九九一年，在《犬を飼う》中，以小康家庭的日常為題材的作品，開創新境界，此後創作出多部人和動物、人與人之間羈絆的戲劇作品。其他尚有：《孤獨的美食家》、《神之山巔》、《走路的人》、《羅浮宮守護者》、《老師的提包》等。

二〇〇〇年，《遙遠的小鎮》在歐洲翻譯成多種語言，獲得極高評價。

漫畫創作豐富的谷口治郎，二〇一七年二月十一日因多重器官衰竭去世，享年六十九。

由關川夏央和谷口治郎兩位大師耗時十一年，用心思慮、細心繪製的《少爺的時代》（「坊ちゃん」の時代），一九九八年獲第二屆手塚治虫文化賞，全書分五部，描寫日本近代文學先驅夏目漱石、森鷗外、石川啄木、幸德秋水等人的「明治人」生活，以鮮明圖像、翔實調查報告，呈現明治時代頭角崢嶸的秀異人物，鮮為人知的生活點滴與流派思維，表露追求文明啟蒙與富國強兵之間的搖晃、迷惘，並為讀者講述明治時代的日本，文學天才為何成群結隊而來？為何又接二連三而去。

關川夏央說：「我要用漫畫描繪眾人認為不可能用漫畫表達的一切。」又說：「明治時代同時擁有光榮與黑暗的一面，也是現代的原點。為了設計明治

日文版《少爺的時代》

中文版《少爺的時代》

**中文譯本：**

・《少爺的時代》，劉蕙菁／譯，二〇一八年二月，衛城出版。

時代的造型，必須先設定每段故事的主角，這些距離我們愈來愈遙遠的文人，他們的名字在百年後依然未曾被遺忘，他們是夏目漱石（第一卷《「少爺」的時代》）、森鷗外（第二卷《秋之舞姬》）、石川啄木（第三卷《蒼空之下》）、幸德秋水（第四卷《明治流星雨》），再回到夏目漱石（第五卷《悶悶不樂的漱石》）。除了森鷗外的故事，我認為日俄戰爭後的幾年正是近代日本的轉捩點，因此選擇明治三十九到四十三年間作為時空舞臺，至此之後的日本，便壯大而沉重地踏上通往一九四五年的那條軌道上了。」

## 關於漫畫版《少爺的時代》

取文學家為主角，充滿文學情懷的《少爺的時代》，以進入東大任教的夏目漱石為序曲，從他創作《少爺》一年的時間經緯，引領圍繞在夏目身旁，奔馳而過的文人、知識分子、政治人物的眾生相，這些受困明治新舊文化轉換的矛盾，經由作者精闢詮釋，活靈活現展開歷史長河的卷軸；文人對抽象文明的宣言、文化變革的抗衡，以及近代日本受明治「全盤現代化」的衝擊景況，如司馬遼太郎在《坂上之雲》所言：「明治時代的人就像在爬坡一樣，是不斷仰望向上的時期。」

透過對教育、社會現象表態而描寫的《少爺》，反映時年三十九，正為混沌不明的未來而痛苦的夏目，無比困惑的掙扎，提供紓解管道。書中有句話說：

日文版《少爺》

**延伸閱讀：**

・《少爺》：夏目漱石／著，吳季倫／譯，野人出版。
描述「少爺」從東京到四國松山市任教的校園黑幕，大膽揭露教育界黑暗面，粉碎知識分子的虛偽面具。

「漱石正好滿三十九歲，這是明治三十九年，春天繁花盛開的東京。」道出他和明治同齡，示意「繁花盛開」的春天意象，其實正是揭櫫時代走向何去何從的擾攘、不明確。

紀實作家關川夏央和漫畫大師谷口治郎攜手合作的經典漫畫《少爺的時代》，並非改編自任何作家的文學作品，而是從歷史與真實事件進行全新盤查的創作，藉夏目漱石描繪數個代表性人物，呈現明治時代努力走向現代化國家的努力、掙扎。正如關川所言：「就在那一刻，我心裡暗自決定要以明治末年偉大人物的群像，和他們在一瞬間的交會，作為這部作品的題材。」

這是以漫畫為載體的紙上文學，實屬罕見，時隔多年，仍有不可取代的開創性地位。本書內容：漱石先生飲啤酒之醉後行跡／漱石對《少爺》的初期構想／明治三十八年秋天的日本／漱石的負像／明治群像／瑪丹娜和阿清／風蕭蕭兮墨水寒／另一位「少爺」／一陣春風／小說家漱石的誕生。

## 經典名句

- 歷史有時候會有戲劇性的演出。
- 讀書何必太溫柔？聲似病貓惹人愁。青春少年當如虎，激情四射斥方遒。

33

日本文學漫畫經典之作

# 秋之舞姬．「少爺」的時代第二卷

在國家與愛情、日本與西歐的夾縫間苦苦掙扎。

作者・關川夏央

作者・谷口治郎

## 關於漫畫版《秋之舞姬》

《秋之舞姬》的主角森鷗外。《舞姬》不只是愛情小說，更是面對西歐文明衝擊，既要吸引，又曖昧拒絕，象徵回歸羈絆和抉擇的內斂與壓抑態度。全書定格在舞姬離去的身影，彷彿開啟匆匆來去的西洋文明，對明治維新影響莫大。

一八六二年出生島根縣津和野町，藩主侍醫家庭的森鷗外，本名森林太郎，從小受到良好的國學、漢學、蘭學（荷蘭）教育。一八八二年自東大醫學部

▲ 森鷗外著作《舞姬》

▲ 森鷗外部隊駐紮地小倉城

**文學地景：**

**小倉：**小倉城、十二師團司令部遺址、森鷗外舊居。

▲ 無能解決士兵腳氣病，卻意外製造「征露丸」的森鷗外

▲ 小倉城第十二師團司令部遺址

▲ 小倉京町森鷗外舊居

畢業，受命為陸軍軍醫副中尉，於東京陸軍醫院服務。行醫之餘，經常提筆寫作，是明治至大正年間的小說家、軍醫、官僚。日治時期曾派駐臺灣，研考腳氣病，卻因主張的病菌學說錯誤而掀起波瀾大浪的社會新聞。

森鷗外二十七歲結婚，翌年離婚。三十七歲被降級調往小倉，四十歲再婚。他與夏目漱石的確存在著不可思議的緣分；一八九〇年他住過一年多的房子，正是夏目漱石於一九〇三年開始寫作《我是貓》居住的屋子。

一八八四年赴德留學，受叔本華、惠特曼的美學思想影響，成為他日後從事文學創作的依據；四年後返國，歷任軍醫學校教官、校長、陸軍軍醫總監、陸

日文版《秋之舞姬》

中文版《秋之舞姬》

**中文譯本：**

・《秋之舞姬》，劉蕙菁／譯，二〇一八年二月，衛城出版。

**延伸閱讀：**

・《舞姬》：森鷗外／著，郭玉珊／譯，立村文化出版。
帶有自傳色彩的悲戀故事。描述留學德國期間，與異國女子愛麗絲一段悲戀情愛。

軍省醫務局長等職。他把留學期間跟一名德國女子相戀的故事，寫成處女作小說《舞姬》；《舞姬》甫出版，書中女主角愛麗絲便千里迢迢追到日本，但礙於專制官僚體制和封建道德的壓力，他避不見面，最後接受森家人勸導，愛麗絲傷心回國，釀成一齣愛情悲劇。

置身日本和西歐文化夾縫，面對家庭和個人、國家與愛情的抉擇，他的苦惱超越滄滄歷史，用文學照耀明治文明。

他的作品偏重體驗當代倫理道德，反映明治時期上層知識分子思想上的矛盾。初期作品文筆優美、抒情濃郁。後期作品，特別是歷史小說，側重冷峻客觀。

身為明治政府高官，他的思想，既有前衛的一面，不乏因循局限。自稱「留洋回來的保守派」，一方面以調和與妥協為處世原則，另方面，受西方自由思想和民主精神影響，兩者觀點始終交錯穿梭在他的作品中。

描繪森鷗外的青春，正等於敘述青春明治的狀態。本書內容：瞑目於印度洋上／一八八八年九月，鷗外歸國／德國女子愛麗絲．拜格爾特／陽光照耀的坡道／明治四十二年七月，駒込千駄木町二十一番地／留德日記一／留德日記二／我心無所依／兩段悲戀／東京大冒險／就如那樣／越中島驟雨／寂寞人力車。

**經典名句**

- 我了解人世的悲傷，知道人心難料，領悟到即使是自己的心也是善變的。
- 她那淚光點點的長睫毛，覆蓋一雙清澈如水、含愁欲問的碧眼。不知怎麼，只這麼一瞥，便穿透我的心，矜持如我也不能不為她所動。
- 心不為他物所迷亂是因為無捨棄外物的勇氣，只是因恐懼外物而自縛手足而已。

34

日本文學漫畫經典之作

# 蒼空之下・「少爺」的時代第三卷

他隨口吟誦的短歌，反映了時代的閉塞與窒悶。

作者・關川夏央

作者・谷口治郎

## 關於漫畫版《蒼空之下》

《蒼空之下》敘述的主角是人稱「借貸王」的石川啄木。「借錢」和「設法借到錢」，是石川啄木艱困人生的大部分，即使經濟難以為繼，掙錢急迫，眼睜睜看著小說無法順利完成，他卻能源源不絕吟詠出不少膾炙人口的短歌。蒼空下的貧窮男，他的心境正好反映明治末年，日本社會的閉塞與窒悶。《蒼空之下》即描述窮困潦倒的石川啄木所表徵的明治人的徬徨、無奈。

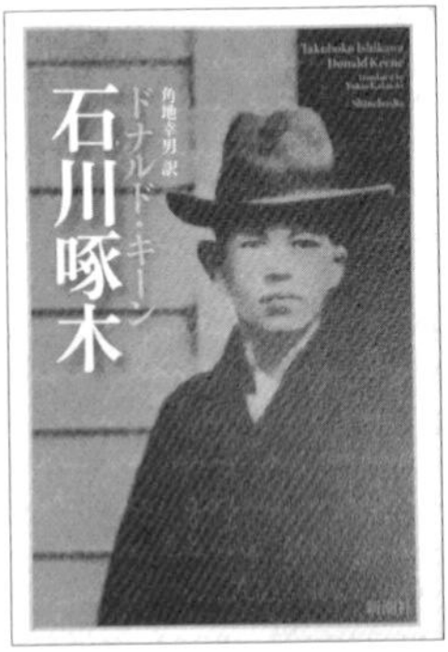


▲ 日文版石川啄木短歌集

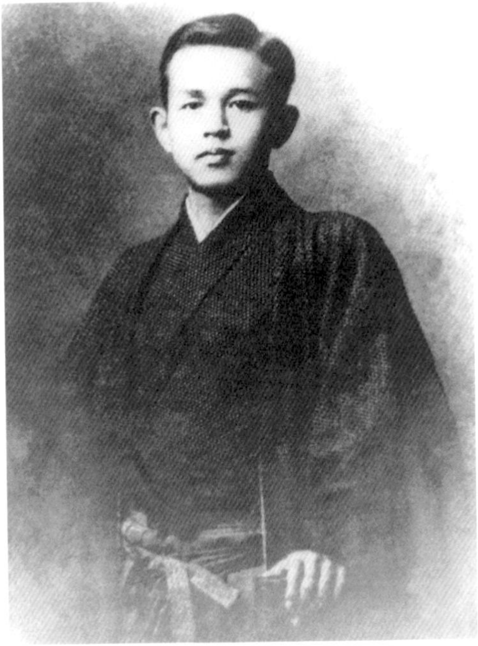

▲ 窮困潦倒又早夭的石川啄木

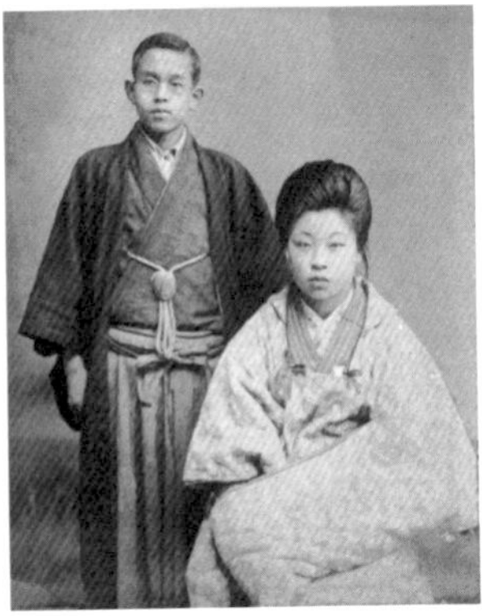

▶ 石川啄木與妻子

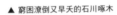

出生岩手縣盛岡市貧寒家庭的石川啄木，小學畢業，中學沒讀多久就遭退學。當過小學代課老師、記者。身無分文，卻膽敢三次跑到東京謀生，試圖實現文學夢。然，都市待得愈久，身上的債務堆疊愈高，形成文壇出名的「借貸王」。

反覆借貸和無意義的享樂，會是他苦悶的吶喊？他的「無病呻吟」隱喻明治時代結束後，人們枯竭的心靈正處何去何從。明治既已畫下休止符，即將到來的大正又會如何？

他自喻，和歌是他「悲傷的玩具」。後半生面臨婆媳不和、妻子離異、幼子夭折、言論不自由、文學事業不得志、四處借錢度日的困境，使他苦悶不已。面對苦難生命，亦曾有過尋死念頭與放浪逃避，終焉受文學與創作熱情影響，堅守理想，在熟悉的和歌尋找生存價值。

他的短歌忠誠而樸素記錄生活的片段漣漪、剎那感受，從而得見被生活壓迫的苦楚，以及深藏烏雲背後，隱隱透出的執拗光芒，在在輝映於激動心懷的波濤上。

他短暫一生的文學創作，包括短歌集：《憧憬》、《叫子與口哨》、《可悲的玩具》、《一握之砂》；小說集：《病院的床》、《鳥影》；對自然主義提出批判的評論集：《時代閉塞之現狀》。對日本文壇最大的貢獻，是進行革新古典詩歌，打破短歌一行詩的陳規，獨創取材自日常生活、淺顯易懂、琅琅上口，散文式三行短歌的寫作形式；由於詩風優美、自由，博得「國民詩人」、「生活派詩人」稱號。

石川啄木的境遇，是新時代的迷惘和徬徨，年紀比夏目漱石、森鷗外小了近二十歲，成長年代恰巧讓他體現「新」的自由和「舊」的責任之間的承受能力。《蒼空之下》敘述僅活二十六歲的石川啄木，象徵明治轉折期，不同典型的

日文版《蒼空之下》

中文版《蒼空之下》

**中文譯本：**

・《蒼空之下》，劉蕙菁／譯，二〇一八年二月，衛城出版。

中文版《一握之砂》

**延伸閱讀：**

・《一握之砂》：石川啄木／著，林水福／譯，有鹿文化出版。

石川啄木的短歌作品集，收錄〈一握之砂〉、遺作〈悲傷的玩具〉共七四五首短歌。這些短歌紀錄他思想與生活的片段感受。

文人。本書內容：明治四十二年四月三日，煙雨／刮鬍子／在淺草嘈雜的夜晚之中／借貸王啄木／啄木為何一貧如洗／借錢也是一種表現／墨田川木芽雨／烈火般的女子，管野須賀子／退一步則餓死，進一步則爆發／無病呻吟的年代／女人堅強，男人卻靠不住／吾乃弱者／連「憧憬」也賣了／搬到弓町。

**經典名句**

- 對著大海獨自一人，預備哭上七八天，這樣走出了家門。
- 夢醒了忽然感到悲哀，我的睡眠，不再像從前那樣安穩了。
- 那天晚上我想寫一封，誰看見了都會，懷念我的長信。

35

日本文學漫畫經典之作

# 明治流星雨・「少爺」的時代第四卷

幸德秋水以他的多舛命運，詮釋近代日本政體的轉變。

作者・關川夏央

作者・谷口治郎

## 關於漫畫版《明治流星雨》

明治四十三年（一九一〇），哈雷彗星拖著不祥的長尾巴接近地球；這時，社會主義者幸德秋水、管野須賀子，以及一幫血氣方剛的青年，也如彗星般狠狠劃過歷史舞臺。《明治流星雨》藉由幸德秋水的「大逆事件」，刻畫近代日本國力轉捩點，反映明治時期的「政治黑暗面」。

出生高知縣四萬十市的幸德秋水是明治時代記者、無政府主義者，本名幸德傳次郎，「秋水」二字取自《莊子・秋水篇》，是「大逆事件」中被處刑十二人中之一。

「大逆事件」又稱「幸德事件」。一九一〇年五月，長野縣明科鋸木廠一名工人攜帶炸彈進廠，反動政府以此為由，鎮壓社會主義運動。同年六月，當局大肆逮捕社會主義者、封閉所有工會，禁止出版書刊。同年年底到隔年一月，逮捕數百名社會主義者祕密審判，桂太郎內閣以陰謀暗殺天皇罪名，誣陷幸德秋水等二十六人「大逆不道，圖謀暗殺天皇，製造暴亂，犯下暗殺天皇未遂罪」。

日本法西斯教父平沼騏一郎作為司法省民事局長河大檢察院檢察官，參與審判，宣稱：「他並不是用槍砲進行作戰的軍國主義者，是用思想和智力進行戰鬥的詭辯家。」一九一一年一月十八日一審終決，宣判幸德秋水等人死刑。消息傳開，引起民眾和各國媒體憤慨。巴黎、倫敦、舊金山、紐約等地，群眾集會向日本駐外使館抗議。不斷喧嘩的輿論譴責，大審院被迫改以天皇名義將死刑犯十二人改判無期徒刑，幸德秋水等十二人於一月二十四日遭絞刑，日本人稱「十二烈士」。社會主義運動由於這次大規模鎮壓，遭受嚴重打擊，走向低潮。

他擔任記者期間曾加入國民英學會。一九〇〇年，自由黨與政敵伊藤博文結

▲ 幸德秋水是明治時代記者、社會主義者

▲「幸德秋水展」海報

▲ 幸德秋水的「大逆事件」

成立憲政友會，他在萬朝報發表「祭自由黨」批判文，歎道：「嗚呼，自由黨死矣！」同年六月，日本加入八國聯軍鎮壓義和團之亂，萬朝報追探日軍在清國掠取馬蹄銀（注）的真相，致使陸軍中將真鍋斌被免職，真鍋斌與山縣有朋記恨於心。相傳幸德秋水的「大逆事件」就是遭此二人陷害。

非要置幸德秋水於死地，是擁有龐大勢力、軍國主義之父山縣有朋認定他是麻煩製造者，因為他早在一九〇四年就把《共產黨宣言》譯成日文，到處傳揚，是日本共產主義的先驅。

看似革命，卻讓反革命勢力崛起；以山縣有朋為首的軍國主義，正削減多元的明治生命力。

日文版《明治流星雨》

中文版《明治流星雨》

**中文譯本：**

・《明治流星雨》，劉蕙菁／譯，二〇一八年二月，衛城出版。

《明治流星雨》以哈雷彗星來去，暗指幸德秋水遭處決，呼應夏目漱石晚年激盪的生命，已隨閃耀光芒的時代一併消逝。本書內容：秋水被捕／土佐中村人，幸德傳次郎／何謂社會主義？／日俄戰爭時的處境／寒冷的夏天／清涼的泥濘，青年寒村／寂寞如火的女人，須賀子／無政府共產／命運的齒輪／致日本皇帝睦仁君／恐怖分子群像／正義之士／哈雷彗星回歸／明治流星雨。

注：中國古代貨幣，即「元寶」銀錠，形如馬蹄，日稱馬蹄銀。

### 經典名句

- 區區成敗且休論，千古惟應意氣存。如是而生如是死，罪人又覺布衣尊。
- 我是以馬克思的社會主義者入獄，以無政府主義者出來的。
- 勿信政治，政治非萬能。如果認為社會發達與國民繁榮，只有依靠政治力量才能實現，則大錯特錯。

36

日本文學漫畫經典之作

# 悶悶不樂的漱石·「少爺」的時代第五卷

徘徊生死邊緣的漱石，腦海中浮現的是什麼？

作者·關川夏央

作者·谷口治郎

## 關於漫畫版《悶悶不樂的漱石》

《少爺的時代》開宗明義藉由夏目漱石的《少爺》，闡述明治人物特質。作者關川夏央認為，整個明治時期就是日本現代化的少年期，一個充滿活力、躁動，對前景感到不安的年代。

第五部《悶悶不樂的漱石》，劇情再度回到夏目漱石，作者把發生於明治四十三年五月的「大逆事件」與同年八月，夏目在伊豆修善寺菊屋進行因長期神經衰弱引起胃潰瘍的療養，忽而大量吐血，徘徊死亡邊緣的「修善寺大患」

並置，產生相連的隱喻。

閱讀夏目生平與作品，隱約了解這個文人不涉政治，從未活躍政治圈。相對來說，他對政治十分敏感、謹慎，「大逆事件」發生後，始終保持沉默。研究者認為，他後來拒絕接受文部省頒發博士狀，多少跟這事有關。

手法寫實的《少爺的時代》來到末了，筆觸峰迴路轉，花費長篇幅描繪他瀕死期間的幻覺。腦海中浮現森鷗外、石川啄木、正岡子規、樋口一葉、二葉亭四迷、小泉八雲，以及始終沒有名字的「貓」，如織錦般交會的人生，由不久將來會以二十六歲之齡早逝的詩人石川啄木帶路、夏目重溫自己的情感歷程、遇到不少已逝的同代人。這無疑是一場死亡預演，更是明治人的回魂大集合。

日文版《悶悶不樂的漱石》

中文版《悶悶不樂的漱石》

**中文譯本：**

・《悶悶不樂的漱石》，劉蕙菁／譯，二〇一八年二月，衛城出版。

▲ 夏目漱石「修善寺大患」療病住所，現移置修善寺虹之鄉遊樂園區。

**文學地景：**

**伊豆：**修善寺虹之鄉夏目漱石舊居。

**東京：**新宿早稻田「夏目漱石文學館」。

▲ 東京新宿區「夏目漱石記念館」（漱石山房）

▲ 記念館後「漱石公園」的「貓塚」

▲ 記念館內安置還原夏目漱石書房

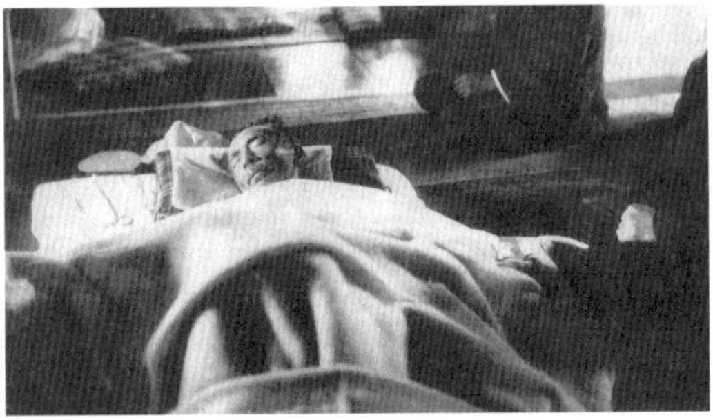

▲ 夏目漱石身亡前最後影像

志文出版《我是貓》

**延伸閱讀：**

・《我是貓》：夏目漱石／著，葉廷昭／譯，好讀出版。透過貓眼，以冷峻之心諷刺社會與人性的小說，不僅在當時，就算現在，就算整個日本近代文學史，也是不可多得的長篇佳構。

兩年後的一九一二年，明治天皇駕崩，舊時代結束。

全書最高明的安排，並未以夏目的幻覺終了，或吐血身亡，而是回到現實，交代活躍在那個年代的文人、政治家、軍人、武士的命運，讓讀者和書中人物道別，為明治既璀璨又凜冽的文人世界畫下休止符。最後，還讓眼神純淨清澈的夏目，在經歷幾度瀕死邊緣的寒冬後，坐在「漱石山房」川廊逗弄貓咪，說道：「你果然還是活著。」「阿喵，來我這裡！」再以「凜冽的近代，生命多彩多姿的明治人」結尾。

夏目漱石並未在幻覺中死去，但是「少

爺的時代」已然完結；近代日本的青春，與夏目漱石同齡的明治時代終焉結束，他卻比明治年號多活四年，繼續寫出四部小說，《行人》、《心》、《道草》、《明暗》。如此精采的《悶悶不樂的漱石》，豈能悶悶不樂閱讀。

阿喵說，這一本的內容有我喔：下雨／臍下三寸／幽明混沌／立秋小康／聆聽秋風／無法忘懷的二十四日／老師，您怎麼來了？／帶一根車把踏入土俵／時光之河／如畫的妳／孤絕的光年／秋天白露／蒼穹無疆／煢然而獨老／明治終焉。

**經典名句**

- 無用之人，就該走無用之路。
- 比起我的胃有個大洞，他們更在乎連載會不會開天窗。
- 一切安樂，無不來自困苦。
- 人就在不斷選擇的矛盾中，戴上面具，焚燒過去，武裝自己。

# 37 這樣活著會為別人帶來麻煩

## 地下鐵事件・村上春樹

看不出任何異樣的一天。直到多名變裝男人用磨利的傘尖，將裝有奇怪液體的塑膠袋刺破……

作者・村上春樹

一九四九年一月出生京都伏見的村上春樹，父母是中學日文教師，十二歲，舉家搬遷到兵庫縣蘆屋市，這裡是谷崎潤一郎寫作《細雪》的文學景地，也是村上少年時代的樂園。從小不喜唸書，國中更因讀書不用功遭老師打罵，他說：「不想學的、沒興趣的東西，再怎麼樣都不學。」進入神戶高中後變本加厲，蹺課、打麻將、抽菸、跟女生廝混，不過成績始終維持一定水準。叛逆，不等於浪蕩。

高中時期喜歡閱讀歐美原文小說，並開始在校刊發表文章。畢業後報考法律

▲ 東京地下鐵

**文學地景:**

**東京:**中目黑、惠比壽、六本木、神谷町、澀谷、上野、秋葉原、築地、小傳馬町、本鄉三丁目、後樂園、四谷、御茶之水、霞關。

▲ 東京地下鐵

系落榜，第二年重考，考進東京早稻田大學文學部戲劇系，他說：「高中時，不愛讀書；大學時，我是真的沒讀書。」大學期間，經常留連地下爵士酒吧，徒步自助旅行，露宿街頭，接受陌生人施捨。

一九六八年四月，認識同學高橋陽子，開始交往。一九七一年，二十二歲，大學尚未畢業，偕同陽子到區公所註冊，決定廝守終生，隨後搬去陽子家住。一九七五年，以論文〈美國電影中的旅行觀〉修完大學學分，前後耗時七年。

婚後，夫妻白天到唱片行工作，晚上在咖啡館打工。三年後，以兩百五十萬日幣現金和跟銀行借貸兩百五十萬日幣，在東京西郊國分寺車站南口開設一間以村上寵物為名的爵士喫茶「Peter-cat」，白天賣咖啡，晚上變酒吧。一邊經營爵士小店，一邊讀書，爵士店的生意愈做愈好。

他跟寫作發生親密關係是在一九七八年四月，有天突然「莫名其妙」想寫小說，他說：「當天下午我正在看棒球，坐在外野區，一邊喝啤酒。我最喜歡的球隊是養樂多隊，當天是和廣島隊比賽。養樂多隊一局下上場的第一棒是個美國人，Dave Hilton。我記得很清楚，他是當年的打擊王，總之，投出的第一球就被他打到左外野，二壘安打。就是那時我興起這個念頭：我可以寫一本小說。」球賽結束後，他到文具店買了鋼筆和稿紙，開始創作他的第一部小說《聽風的歌》。

聽來神奇，很不可思議，但確實如此。這部小說花六個月完成，投稿到《群像》雜誌舉辦的新作家文學競賽，初試啼聲，一舉贏得一九七九年群像新人賞，從此步上文學創作之路。

一九八一年，他賣掉經營多年的Peter-cat，搬到船橋市專心寫作，一九八五年，費時八個月完成的長篇小說《世界末日與冷酷異境》拿下「谷崎潤一郎賞」，為日本二戰後首位青年得獎者。

一九八六年攜妻旅居歐洲三年，完成日本近代文學出版史，銷量排名第一的長篇小說《挪威的森林》。該著作上下冊累積銷量達五百萬冊以上，這本書讓他的知名度在一九八〇年代末期達到最高峰，確立「一九八〇年代文學旗手」地位。

被譽為最能掌握都市人自我孤離與失落意識的村上春樹，二〇〇九年起，連續八年獲諾貝爾文學獎提名。二〇一八年諾貝爾文學獎停頒，瑞典文化界特

日文版《地下鐵事件》

中文版《地下鐵事件》

**中文譯本：**

·《地下鐵事件》：原書名アンダーグラウンド，賴明珠／譯，一九九八年六月，時報出版。

別創立「新文學獎」，村上春樹入圍，但他透過書信表示，個人想遠離媒體焦點，專注寫作，希望主辦單位將他從名單中撤除。

著作包括：《1973年的彈珠玩具》、《尋羊冒險記》、《遇見100%的女孩》、《海邊的卡夫卡》、《國境之南太陽之西》、《1Q84》、《沒有女人的男人們》、《刺殺騎士團長》、《身為職業小說家》、《你說，寮國到底有什麼？》等。

## 關於《地下鐵事件》

一九九五年三月二十日，東京車站地下鐵發生奧姆真理教主麻原彰晃主導的

「沙林毒氣事件」。多名教徒分別潛入東京營團地下鐵丸之內線、千代田線、日比谷線五班列車，散布沙林，造成十三人遭毒氣侵襲死亡，超過六千三百人輕重傷。這三條地鐵，沿線經過政府部門林立的霞關站，因此成為襲擊目標……，淒厲的毒氣侵害慘狀，成為當日國際頭條新聞。

村上春樹翻遍各報章雜誌，始終找不到他想要的報導；「那些人到底怎麼了？」之後，主動訪問六十二位受害者，寫成《地下鐵事件》，這是他的首部紀實文學之作。「沙林毒氣事件」的犯罪手法，舉例如：一位名叫豐田亨，一九九〇進入東京大學研究生院，專司研究基本粒子理論，一九八六年加入奧姆真理教的前身奧姆神仙會，參與過東京都廳包裹炸彈事件、新宿車站氰化氫

中文版《地下鐵事件II：約束的場所》

**延伸閱讀：**

・《地下鐵事件II：約束的場所》，村上春樹／著，賴明珠／譯，時報出版。
訪問加害者真理教徒，讓讀者能在同一事件中深入了解雙邊的想法與反應。

事件的男子，清晨六點半離開位於澀谷的真理教祕密聚會所，搭上另一位叫高橋克也的男性駕駛的車，前往日比谷線的中目黑車站，並以途中買來的《報知新聞報》，包住兩個裝有沙林毒氣的塑膠袋。

豐田亨按照計畫搭乘七點五十九分開往東武動物公園的電車，車次編號B711T。他進入第一節車廂，鄰近車門的座位。電車如平日清晨一樣，擠滿通勤的上班人潮。對於共乘那一班車次的大多數人來說，那一天一如往常，並沒什麼特別，同樣是人生中的某一天。他把帶上車的塑膠包放在腳邊，手段巧妙的取出裝有沙林的袋子，移到地板。

兩分鐘後，電車將抵達惠比壽站，他毫不遲疑的用傘尖刺了幾下塑膠袋，然後從容起身，走出電車，迅速步上階梯出站，再鑽進接應的高橋克也的車子。

書中描述，一切都順利，依照計畫進行，簡直就像用尺在白紙上輕快地畫出一條筆直的線。回頭開往澀谷奧姆真理教聚會所的車上，司機高橋克也出現中毒癥狀，那是唯一沒料到的「失算」，原由於被附著傘尖和豐田亨沾有細微沙林的衣著所致。但從惠比壽到澀谷近在眼前，最後兩人並沒發生什麼具體阻礙。

這時的惠比壽車站，被豐田亨刺破的兩個塑膠袋，九百毫升的沙林液體全數溢出。自六本木開始，第一節車廂的乘客開始感到呼吸異常，就在快抵達神谷町之前，人群的恐慌達到頂點，哀號聲連連，場面混亂，群眾爭相開啟窗戶，但，即使打得開窗戶，依然無法遏止被蔓延的毒氣侵襲。

官方統計，五班列車的沙林毒氣造成乘客與地下鐵站員十三人喪命，超過六千多位民眾被送進醫院診療。

這是一九九五年一月十七日阪神大地震發生兩個月後，日本的另一起災難。地下鐵發生毒氣殺人事件，村上春樹啟動預感：「很多事情說不定因此連在一起。但為此反正要先拔腿行動才行；躲在書房不動，有的東西是很難看清的。而這樣的作業對我無疑是面向新領域的挑戰。」於是，他著手寫下《地下鐵事件》。

雖則，事件策畫人教主麻原彰晃，以及九名教徒共十名罪犯已於二〇一八年七月六日經判死刑定讞、伏法，但整起事件仍讓世人記憶猶新，沒世不忘。

厚重的報導筆記，過多的真實紀事，以及多位受害者描述事件過程、細節，累積慌張、焦慮、憤怒、傷心、歸屬、逃避的違和感，也許使人讀來喟嘆喘不過氣，甚至有種被莫名捲入事件中的玄妙感覺，正如作者序文所言：「所謂地下鐵沙林事件，簡單來說，就是正義和邪惡、正常與瘋狂、健康與畸形的明白對立。」因此，有人選擇遺忘，有人義憤填膺，有人因怕給別人帶來麻煩，連抱怨無端遭遇重大災難也得小心翼翼；使得更多最直接、深受其害的人，始終不願意站出來表態。

震顫的紀實報導與閱讀壓力，或許也是給讀者一種面對未來，不知周遭環境會發生怎樣突如其來的災變事件的出口吧！

**經典名句**

- 有太多人不去盡自己被賦予的責任，卻只會看到別人的壞處而動嘴發表自我主張。
- 這樣活著會為別人帶來麻煩。

# 38 安度清貧生活的智慧心靈

# 佐賀的超級阿嬤．島田洋七

佐賀阿嬤教我的一件事，就是對別人好要假裝是不小心的。

作者．島田洋七

一九四五年八月六日，美軍在廣島投下「小男孩」原子彈，當時孕養在母親肚裡的島田洋七，和家人疏散外地，未受波及；豈料不信邪的父親竟在廣島瞬成廢墟之際，隻身「回廣島看看」，慘遭輻射污染原爆症身亡，獨讓本名德永昭廣的島田洋七，隔年出生成遺腹子。

敗戰後的日本，經濟崩潰、民生凋敝，母親在原爆附近開了間居酒屋，以小本生意撫養兩兄弟，母親將兩人安置到居酒屋附近的租屋，一間六塊榻榻米大的公寓。年幼的昭廣，依戀母親，常在三更半夜溜去找媽媽。母親擔心，趁昭廣的阿姨在他小學二年級來到廣島照顧他時，暗自讓阿姨將昭廣帶上火車，投靠佐賀外婆家，交由外婆撫養。

外婆是個樂觀的赤貧老人，生活簡樸、寒酸，卻是滿腹生活智慧的女性。他在外婆家足足待了八年；期間就讀佐賀市立赤松小學校與市立城南中學校，還身居城南的棒球隊長，後來因獲准以公費生名義進入廣島廣陵高校而離開佐賀。

成年後的德永昭廣拜入相聲大師島田洋之助門下，改名「島田洋七」，與師弟島田洋八組成相聲二人組「B&B」，以大阪腔闖進東京相聲演藝界，並參加NHK相聲大賽，獲最優秀新人賞。

一九八〇年代，「B&B」掀起熱潮，為傳統技藝注入新能量。全盛時期有過一天參加二十六個節目的錄製行程。「B&B」一度解散，後來又合體，如今依然活躍電視和舞臺表演。

一九八七年，他將少年時期在佐賀與外婆相依為命的過程寫成《佐賀的超級阿嬤》，自費出版三千本；二〇〇一年再由德間書店重新印行，二〇〇三年夏，接受日本最受歡迎的談話性節目《徹子的房間》主持人黑柳徹子專訪，真摯感人的內容引起話題，促使該書從自費出版到今日，熱銷超過四百萬冊。

書籍暢銷成社會話題，作者乘勝追擊，再接再厲推出《佐賀阿嬤笑著活下去》、《佐賀阿嬤的幸福旅行箱》、《媽媽，我好想妳》、《佐賀阿嬤的超元氣料理》、《佐賀阿嬤給我的人生禮物》、《阿嬤，我要打棒球！》。

## 關於《佐賀的超級阿嬤》

《佐賀的超級阿嬤》是島田洋七於一九八七年發表的自傳式小說，敘述年少時投靠佐賀外婆家的生活點滴，後來改編拍成電影、漫畫。

小說敘述二次世界大戰後，昭廣的媽媽養不起兒子，不得不把八歲小孩交由外婆照料，戰後生活艱困窮苦，經常三餐不繼；但外婆卻以獨到的生活智慧及毅力，把他扶養長大。

小說描述，昭廣從廣島到佐賀鄉下阿嬤家，迎接他的，是一間破爛茅屋，以及曾經帶著七個子女辛苦熬過艱困歲月的超級阿嬤。雖然日子窮到不行，但是

▲ 廣島原爆唯一倖存的舊產業振興大樓骨架

**文學地景：**

**廣島**：廣島原爆記念館、平和公園。

**佐賀**：佐賀市、佐賀城跡。

▲ 飄揚街市的佐賀阿嬤旗幟

▲ 平和記念公園

▲ 佐賀城跡

樂天知命的阿嬤總有神奇而層出不窮的生活絕招，在物質匱乏的歲月豐富昭廣的心靈，讓家裡隨時洋溢笑聲與溫暖……。

昭廣與超級阿嬤的有趣對話：

「阿嬤，我英語都不會。」

「那，你就在答案紙上寫『我是日本人』。」

「可是，我不太會寫漢字。」

「那你就寫『我可以靠平假名和片假名活下

日文版《佐賀的超級阿嬤》

中文版《佐賀的超級阿嬤》

**中文譯本：**

·《佐賀的超級阿嬤》，陳寶蓮／譯，二〇〇六年一月，先覺出版。

▲ 佐賀車站

中文版《老媽，這次換我照顧你》

**延伸閱讀：**

・《老媽，這次換我照顧你》：島田洋七／著，莊雅琇／譯，時報出版。
記錄作者和妻子為照顧中風的丈母娘，舉家搬離東京，在佐賀找地建屋，夫妻一起在書中分享照護親人的體悟，充滿歡笑與淚水的十四年。

去』。」

「我討厭歷史……」

「那就在答案紙上寫『我不拘泥於過去』。」

超級阿嬤的省錢絕招：

小學三年級放學回家，書包還沒放下，我就嚷著：「阿嬤，好餓哦！」那天家裡什麼都沒有。外婆冷不防回我一句：「是你神經過敏啦。」

窮極無聊的我嘀咕著：「幹什麼好呢？出去玩吧！」

外婆竟然對我說：「出去玩肚子會餓，睡覺吧！」

才下午四點半耶！但是天氣太冷，我乖乖鑽進被窩，不知不覺睡著。

晚上十一點半餓到醒過來，搖醒睡在旁邊的外婆，「我真的是肚子餓啦！」這回她卻跟我說：「是你在作夢！」

好不容易撐到天亮，心想終於可以吃早餐了，沒想到外婆竟然說：「早餐昨天不是吃過了嗎？趕快去上學，學校有午餐可以吃！」

這……

**經典名句**

- 窮有兩種，窮得消沉和窮得開朗。
- 東西只有撿來的，沒有扔掉的。
- 聰明人、笨人、有錢人、窮人，過了五十年，都一樣是五十歲。
- 晚上別提傷心事。難過的事留到白天再說，也就不算什麼了。

## 39 完全背叛讀者想像的神妙故事

# 流星之絆．東野圭吾

**最可疑的犯人和線索，絕對不是最後真相。**

作者．東野圭吾

一九五八年出生大阪的東野圭吾，府立大阪大學工學部電氣工學科畢業，平時喜愛閱讀，學生時代開始接觸松本清張與小峰元的推理小說。學校畢業後，任職汽車零件供應商日本電裝工程師。一九八五年以《放學後》獲第三十一屆江戶川亂步賞，翌年，辭去工程師，專事寫作。

東野圭吾早期作品以清新的校園推理著稱，贏得無數青年歡迎，其縝密細膩的劇情獲「寫實本格派」美名，近期創作突破傳統推理格局，涉及懸疑、科幻、社會等領域，兼具文學、思想和娛樂特質，加上具有理工素養，活用科技

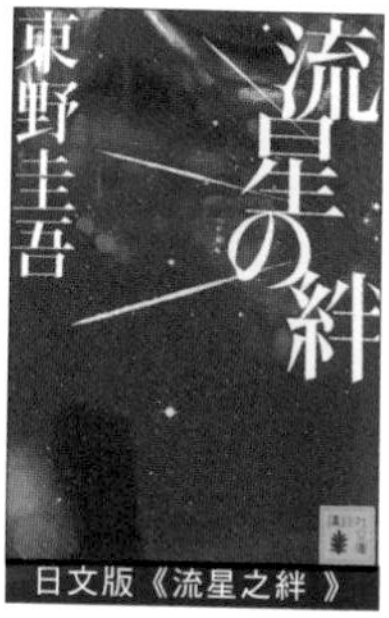


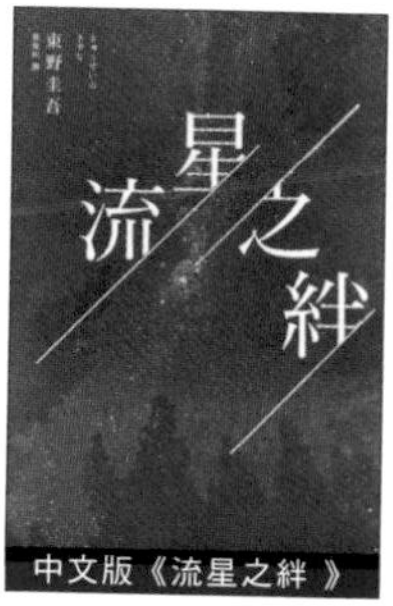


**中文譯本：**

・《流星之絆》，葉韋利／譯，二〇〇九年三月，獨步文化出版。

知識，寫出系列科學推理，頗能帶給讀者新鮮感。

一九九九年以《祕密》獲第五十二屆推理作家協會賞；二〇〇六年以《嫌疑犯X的獻身》獲一三四屆直木賞，並一舉拿下當年三大推理小說排行榜第一名，有「三冠」之稱；二〇〇八年以《流星之絆》獲第四十三回「新風賞」；二〇〇九年五月，獲選為日本推理作家協會特別理事會理事長；二〇一四年以《當祈禱落幕時》獲第四十八回「吉川英治文學賞」。

東野圭吾儼然新世代推理小說代表人，著作無數，作品深獲影視界青睞，《危險維納斯》、《戀愛纜車》、《第十年的情人節》、《流星之絆》、《嫌疑人X的獻身》、《宿命》、《放學後》、《白夜行》、《惡意》、《偵探伽利略》、《信》、《真夏方程式》、《彷徨之刃》、《解憂雜貨店》、《杜鵑鳥的蛋是誰的》、《單戀》、《當祈禱落幕時》、《拉普拉斯的魔女》、《沉睡的人魚之家》、《假面飯店》等近百部改編電影、電視劇、舞臺劇或漫畫。

## 關於《流星之絆》

二〇〇八年獲第四十三回書店新風會「新風賞」，二〇〇九年獲第六回「書店大賞」、「這本推理小說真厲害！」第三十四名；二〇〇六年九月開始一年間，於《週刊現代》連載，講談社出版，發行量超過六十五萬冊的《流星之絆》，描述神奈川縣橫須賀市一間洋食餐廳「ARIAKE」，老闆育有三個小孩，日子平凡卻平靜、無憂。某日夜晚，三兄妹偷溜到郊野去看獵戶座流星雨，回家後不意發現父母倒臥血泊。

父母無故慘遭殺害，兇手逃之夭夭，唯有弟弟見到跑走的陌生男子，卻解說不清，所幸查案的員警主動協助並照料他們。是晚，三兄妹對著流星發誓，有朝一日必定揪出兇手，親手復仇。

十四年過去，殺害父母的案情依舊膠著，在充滿惡意與謊言的現實世界生存，始終背負「被害人家屬」的羈絆，度過慘淡童年的三兄妹，離開育幼院之後，祕密相約聚會，決定「以暴制暴」步上詐騙之路，向有錢男子行騙詐取金錢。大哥有明功一為集團策畫首腦，具有「角色扮演天才」的弟弟泰輔及貌美的妹妹靜奈負責執行。在一次詐欺行動中，意外發現詐騙目標疑似殺害雙親的嫌疑犯，作戰計畫緊急變更，決定製造機會接近嫌疑犯之子戶神行成，就在復仇計畫即將順利完成，揪出兇手的前夕，發覺妹妹靜奈的心不受控制，竟然愛上嫌疑犯之子，「大哥，那丫頭是認真的，她愛上殺父仇人的兒子！」導致偵查案情的縝密計畫引起莫大變化。直到最後，峰迴路轉，機鋒處處，真兇現身，意想不到的結局，使人感到無比惆悵。

全書篇幅頗多用在描述人與人之間的情感，洋溢相互關懷的溫情，毫無扭曲

中文版《假面飯店》

**延伸閱讀：**

・《假面飯店》：東野圭吾／著，陳系美／譯，三采出版。全書描述假扮成服務生，混進酒店，負責追蹤案情的刑警新田浩介，跟酒店櫃姐山岸尚美互換角色，刑警處理飯店櫃臺事務，櫃姐查案，為小說增添不少趣味。

變態、醜陋陰暗的虛誇情節。這該是作者對「絆」的最佳詮釋，一場完全背叛讀者想像的神妙故事！

東野圭吾說：「這部小說，不是由我所寫，而是書中人物打造出來的。」

**經典名句**

- 我們好像流星，沒有目標地劃過天際，不知道會在哪裡燃盡生命。
- 我們三人緊緊相連，無論何時都相互羈絆，什麼都不需要害怕。
- 人心，才是背後的最大敵人。

# 40 白衣美少年，受詛咒的構圖

## 漫畫版人間失格‧伊藤潤二

我這一生，盡是可恥之事。

作者‧伊藤潤二

一九六三年出生岐阜縣的伊藤潤二，高中就讀岐阜縣立中津高等學校，自齒科技工士專門學校畢業，從事齒模技工，年少期熱中楳圖一雄與古賀新一的恐怖漫畫，從而發願繪畫生涯。

一九八六年向朝日新聞的《月刊Halloween》投稿「富江」，並於第一屆「楳圖賞」以佳作入選登場，當時的評審有：楳圖一雄、稻川淳二、菊地秀行。一九九〇年，辭去齒模技工，專注漫畫。曾參與遊戲軟體《四八（假）》的開發。

二〇〇六年與創造生物畫家石黑亞矢子結婚，育有兩女。

二〇一五年十二月四日在臺北華山文創園區登場，發表「伊藤潤二恐怖美學體驗大展」，是為伊藤首次個展。

二〇一七年六月三十日，為紀念漫畫家生涯滿三十週年，決定將作品動畫化；同年十月，在《Big Comic Original》連載太宰治作品《人間失格》改編漫畫。

## 關於漫畫版《人間失格》

《人間失格》是太宰治最具魅力的遺作。

「人間失格」原意指喪失做人的資格。作者透過主角大庭葉藏的遭遇，巧妙地將自己的人生與思想，隱藏於大庭葉藏的際遇，藉由獨白，窺探太宰治「充滿了可恥的一生」。大庭葉藏就是太宰治原型，纖細的自傳體，透露極致的頹廢，以及毀滅式的絕筆之作。小說發表同年，太宰治自殺身亡，為生命劃下句點。

漫畫描繪主角葉藏出身富裕，卻隱藏真實的自己、不說內心話、被家庭孤立、與父親情感疏離。隨年紀增長，依然走不出孤獨，決定自我毀滅。讀者從中見識作者自溺、疏離的個性，以及象徵櫻花於最美時刻凋落的美學。

全書以作家身分「我」為口吻，敘述二戰後，在千葉船橋認識酒吧老闆娘，老闆娘把大庭葉藏的三本筆記和三張照片交給「我」，「我」為它補上「前言」與「後記」，並將三封手札原封不動呈現。大庭葉藏在三本筆記記錄自己從青少年到中年，酗酒、沉溺女色、參加左翼團體、企圖自殺、注射嗎啡過量被送進病院、進精神病院等歷程。

日文版《漫畫版 人間失格》

中文版《漫畫版 人間失格》

**中文譯本：**

・漫畫版《人間失格》，高詹燦／譯，二〇〇九年六月，木馬文化出版。

▲ 太宰治留宿的船橋市玉川旅館

**文學地景：**

**千葉：**船橋市太宰治宅跡/田中藥局跡/船橋小學校/船橋借家/借家夾竹桃跡/長直登病院跡/玉川旅館。

▲ 船橋市海老川九重橋太宰治文學地景

主角自稱懼怕人類，對人難以親切，人與人的關係讓他感到荒謬，只有躺在妓女懷裡才能安心，他說那是一種「毫無算計的好感、不帶壓迫的好感、對可能就此別過，兩不相欠的好感」。大部分時間他並不直接表現對人的厭惡，反而用玩笑迎合他人，因此，表面行為總是與內心想法疏離。他與內心真實想法落差太大的表面工夫，是讓他痛苦的主因。所以只能在別人面前冒著被揭穿的風險，鎮日演戲。

**經典名句**

- 我知道有人是愛我的，但我好像缺乏愛人的能力。
- 相互輕蔑卻又彼此來往，並一起自我作賤，這就是世上所謂「朋友」的真面目。
- 所謂世人，不就是你嗎？
- 我的不幸，恰恰在於我缺乏拒絕能力。我害怕一旦拒絕別人，便會在彼此心裡留下永遠無法癒合的裂痕。

作家張大春說：「《人間失格》是這位作家顛覆其個人與現代文學的一部輓歌，他和他的讀者都會以赫塞那樣『失落的一代』所慣有的『輕微的喜悅』來閱讀這種自我撻伐的深層理性和深邃瘋狂。」

中文版《會長島耕作11》

**延伸閱讀：**

- 《會長島耕作11》：弘兼憲史／繪，許嘉祥／譯，尖端出版。
  被視為日本上班族國民漫畫的《島耕作》系列作品，描述島耕作接受好友東北澤邀請造訪臺灣，對臺灣當前面臨的經濟、政治、外交、與中國關係為題，再藉由一名天才駭客少年與AI發生激烈的企業搶人大戰，敘述島耕作和友人捲入一場國際暗鬥。臺北101、迪化街、松山慈祐宮、九份等知名景點，以及餐廳「ACUT」都成為書中背景舞臺。

41

歡迎光臨，今晚想點什麼？

# 深夜食堂・安倍夜郎

深夜吃東西的魅力就是那一抹罪惡感。

作者・安倍夜郎

一九六三年二月出生高知縣四萬十市的安倍夜郎，早稻田大學畢業，就學期間參加漫畫研究會，日本專欄作家町山智浩是他的同學，繪製《我們這一家》的漫畫家螻榮子（けらえいこ）晚他一屆。大學畢業後投身廣告業，擔任導演。二〇〇三年以《山本掏耳店》獲「小學館新人漫畫大賞」，此後，開始專職漫畫。

代表作《深夜食堂》，二〇〇六年十月在小學館連載二十卷，二〇〇七年獲「第五十五回小學館漫畫賞」及「第三十九回漫畫家協會大賞」，由於作品特

日文版《深夜食堂》

中文版《深夜食堂》

**中文譯本：**

・《深夜食堂》，丁世佳／譯，二〇一一年十月，新經典文化出版。

殊，文學風、人情味濃，四度改編日劇，二〇一五年首度改編電影，二〇一六年再拍續集；演員小林薰恰如其分的演技，一夕間成為食堂老闆的最佳人選，深受觀眾喜愛。

著有：系列漫畫《深夜食堂》、續篇《深夜食堂》、《酒友，飯友》、《四萬十食堂》（共著：左古文男）、《深夜食堂料理帖》（共著：飯島奈美）。

## 關於漫畫版《深夜食堂》

「一天又結束了，當人們趕路回家時，我的一天才開始。菜單只有牆上寫的這些，你可以點想吃的，我做得出來就幫你做，這就是我的經營方針。營業時

▲ 日本料理

▲ 日本料理

間從午夜十二點到清晨七點，人們稱這裡叫『深夜食堂』。你問會不會有客人來？喔，還不少哩！」

新宿街頭某巷弄內的這間小食堂，老闆獨自經營，門簾僅寫「めしや」（飯屋），被常客稱「深夜食堂」。飯屋老闆的本名、出身、經歷皆不詳，左眼有刀疤，二十年前頂下食堂店面，成為第二代老闆。菜單只有：豚汁套餐、啤酒、日本酒、燒酒、高球酒，每位客人限點三杯。老闆說，只要可以製作的食物都可以點。

安倍夜郎筆下的《深夜食堂》，是以只在深夜營業的這間食堂為舞臺，敘述

中文版《孤獨的美食家》

**延伸閱讀：**

・《孤獨的美食家》：久住昌之／原著、谷口治郎／畫，許慧貞／譯，圓神出版。
敘述進口雜貨商井之頭五郎，殺進食堂大快朵頤，享受用餐時不被打擾，細細品嘗料理的美好時光，喜歡在內心自言自語品評滋味，大啖美食的漫畫書。

主人與客人的交流，每則故事獨立成篇，不必擔心對角色、菜色不熟，想進去坐，隨時從任何一集都能進入。透過十四道家常菜，與食客之間發生的故事，延伸生活哲學，陪伴讀者面對人生。

書中主要常客有出櫃四十八年，在新宿二丁目經營同性戀酒吧，喜歡玉子燒的小壽壽；劍崎組幹部極道人物，擅長棒球，喜歡章魚香腸，被稱「阿龍」的劍崎龍；阿龍的跟班，喜歡牛蒡，不擅喝酒的北賢，人稱「阿賢」，加入黑道前為商界籃球社員；脫衣舞孃，擁有巨乳，能輕易愛上男人、輕易厭倦男人，

**經典名句**

- 所謂成熟，就是明明該哭該鬧，卻不言不語的微笑。
- 人生最重要的是時機，時機對了，凡事都有可能。
- 看起來最能陷入戀愛的人，其實是最易喜新厭舊的人。
- 最期待的事往往不在期待中發生。

喜歡竹筴魚的松嶋麻里鈴；跪在地上要求硬漢大木收為徒弟的青年，後來當AV男優，喜歡烤鰻魚醬汁加飯的田中雄一。登場人物不勝枚舉。

二〇一一年，中文版上市，掀起「深夜食堂」熱潮，讀者都在心中找尋「那家」食堂。二〇一四年，安倍夜郎來臺宣傳；二〇一五年，電影版《深夜食堂》日本首映，一票難求，創下每廳高達九成以上滿座率。

這是一套以人性、人情、飲食為主題，感受得到滿滿幸福，值得閱讀的溫馨漫畫書。

42

最喜歡的地方就是廚房

# 廚房・吉本芭娜娜

如果死期來臨，我希望在廚房呼出最後一口氣。

作者・吉本芭娜娜

一九六四年出生東京的吉本芭娜娜，本名吉本真秀子，父親是著名作家、評論家吉本隆明。就讀日本大學藝術學院藝術學部。在校期間，開始創作。小說《月影》是畢業作品，獲藝術學部長賞。一九八七年，以《廚房》崛起文壇，獲第六屆「海燕」新人文學賞，筆觸細膩，擅長營造鮮活感覺；之後出版的每本書都暢銷，掀起「吉本芭娜娜」現象。《廚房》自出版三十年間，銷售超過六百萬冊，是為代表作。先後獲泉鏡花賞、紫式部文學賞等。一九八九年以長篇小說《TUGUMI》獲第二屆山本周五郎賞，並於隔年改編電影。

日文版《廚房》

中文版《廚房》

**中文譯本：**

·《廚房》，劉子倩／譯，二〇一七年十二月，時報出版。

因喜歡紅色香蕉花，所以取「芭娜娜」為筆名。吉本芭娜娜筆下的青年，無不多愁善感，大都懷抱對生命濃烈的依戀，表現女性積極的生活態度。她的小說，死亡是不可避免的，然而要如何從死亡陰影中走出才是生活真諦。日本評論家暱稱「治癒系作家」。

長於描述愛情、食物與死亡，從《廚房》伊始，出版的書籍，連年雄踞暢銷榜首，《廚房》、《哀愁的預感》、《白河夜船》、《蜜月旅行》、《盡頭的回憶》、《生命中最重要的一年》、《這樣那樣生活的訣竅》、《在花床上午睡》、《千鳥酒館》、《不再獨自悲傷的夜晚》、《惆悵又幸福的粉圓夢》等。

## 關於《廚房》

本書描述少女櫻井御影在祖母去世後，雖未號啕大哭，也不曾離開過廚房。「廚房」象徵心的歸屬。在失去最後一個親人後，喜愛料理的她只能窩在廚房才得有安全感，夜裡甚至會躺在冰冷的廚房地板才睡得著。直到有一天，被田邊雄一和「母親」惠理子（是個男人）收留，當成自己孩子一樣照顧，使她在愛中得到寄託，成為一名優秀廚師，但某天「母親」卻遭愛慕者殺害……。

當有一天，父親變性，突然變成母親的角色，身為家庭的子女精神會不會錯亂？人格會不會扭曲？《廚房》的故事就在這樣的背景中展開。這是一段愛情故事，告訴讀者，不必因親人過世，或性別改變而扭曲人格，只要存在真愛，就要珍惜自己選擇的愛。

中文版《群鳥》

**延伸閱讀：**

・《群鳥》：吉本芭娜娜／著，劉子倩／譯，時報出版。
散發強烈生之欲，用盡力氣面對活著這件事：以鳥的意象投射出靈性、自由、抽象的藝術氣息。「在夢中，我總是變成像鳥一樣的精靈。可以去任何地方，自由自在。」

《廚房》可見療癒、純粹中見真知的人生智慧。閱讀芭娜娜的文字，常有正能量發生。「生命是一段療傷的過程。」三十多年來，這部名作被讀者相互傳遞，「儘管沒有血緣關係，卻能跨越性別與家庭藩籬。」芭娜娜是愛的先驅。「如果因為我的作品，讓各位增添些許生活的勇氣，那就是我無上的榮幸。我們一定會再見，但願到那天為止，大家都過得幸福快樂。」她說。

全書收錄〈廚房〉、〈滿月〉，及中篇小說〈月影〉。

**經典名句**

- 在這世界，我最喜歡的地方就是廚房。
- 人的一生，如果不品嘗一次絕望的滋味，就無法看清自己真正放不下的，到底是什麼？
- 與其長時間在河底辛苦掏揀，還不如手上一把金沙迷人。

43

不能一起生活，但要一起活下去

# 寂寞東京鐵塔・江國香織

一旦墜入情網，連狗也能變成詩人。

作者・江國香織

一九六四年出生東京新宿的江國香織，文學世家，父親江國滋是散文家，丈夫銀行員。目白短期大學國語國文科畢業，留學美國德拉瓦大學，以寫作愛情小說見長。

一九八七年以《草之丞的故事》獲每日新聞小小童話賞；一九八九年以《409雷德克里夫》獲第一屆女性文學賞；一九九一年以《芳香日日》獲第三十八屆產經兒童出版文化賞；一九九二年以《那年，我們愛得閃閃發亮》獲第二屆紫式部文學賞；一九九三年以《蒙特羅索的粉紅色牆壁》獲第四十屆產經兒童出版文化

日文版《寂寞東京鐵塔》

中文版《寂寞東京鐵塔》

**中文譯本：**

・《寂寞東京鐵塔》，陳系美／譯，二〇〇四年四月，方智出版。

賞；一九九九年以《我的小鳥》獲第二十一屆路旁之石文學賞；二〇〇二年以《游泳既不安全也不適切》獲第十五屆山本周五郎賞；二〇〇四年以《準備好大哭一場》獲第一三〇屆直木賞；二〇〇七年以《愛無比荒涼》獲第十四屆島清戀愛文學賞；二〇一〇年以《像樣的不倫人妻》獲第五屆中央公論文藝賞；二〇一二年以《狗和口琴》獲第三十八屆川端康成文學賞。

江國香織是個多產作家，不少作品翻譯成多國語言，暢銷書包括：《游泳既不安全也不適切》、《冷靜與熱情之間》、《與幸福的約定》、《芳香日日》、《神之船》、《我的小鳥》及多種英語繪本譯作。

## 關於《寂寞東京鐵塔》

本書被日本達文西雜誌讀者票選為年度長篇小說類第一名，描述兩個十九歲的男孩透和耕二，跟已婚熟女詩史和喜美子的交往，儘管是一場不倫戀，這種難見天日的戀情，直至價值觀開放的今日，仍將面對社會道德的歧視與批判，但，透過江國香織曼妙的文筆，年輕戀情依然無法平息的在東京鐵塔靜默陪伴下，熱烈燃燒、洶湧蔓延。象徵零度符號，意義淡薄的東京鐵塔，讓作者以情慾的描繪，似乎只是借景而已。「窗外夜色落魄，雨中霓虹閃爍，面對愛情，人大概非得勇敢不可。」世界上最悲傷的景色，莫過於無言的從窗內望著被雨淋濕的寂寞鐵塔。然而，在主角眼下，東京鐵塔是孤立而強大存在的美。

其一，小島透與母親的友人，已婚的詩史相戀；即使必須永遠等候不可知的

中文版《群鳥》

**延伸閱讀：**

・《冷靜與熱情之間》：江國香織、辻仁成／著，陳寶蓮／譯，方智出版。

兩位知名作家費時兩年合力撰寫的連載小說，講述兩名在美術學院相識的學生順正、葵，分手十年後，在義大利佛羅倫斯再會。「看起來再幸福的人，生命中總有一兩個暗影。」順正說。

**文學地景：**
**東京：**東京鐵塔。

▲ 亮燈的東京鐵塔

▲ 一九五八年竣工的東京鐵塔，高三三二點六公尺

未來，仍想和心愛的人幸福的活下去。透說：「想見的時候見不到的人，應該是妳吧，因為擁有家庭的人不是我……」詩史對沮喪的透說：「為了你，我會試著去做，我們一起到下一站吧。」一起活下去不等於可以一起生活呀！

其二，不介意到廉價賓館做愛、見了面就要做愛的肉慾型伴侶耕二和喜美子，「年紀大的女人天真無邪！」耕二露骨認為，儘管已擁有年輕女友，卻持續和家庭主婦喜美子私通情慾。

不倫戀情既寂寞又需要勇氣，才能成就孤立而強大的美；而無止盡的情愛慾望只需要美嗎？就讓情愛作家江國香織用文字敘說吧！

**經典名句**

- 戀愛不是用談的，是墜入的。
- 為了你，我會試著去做，我們一起到下一站吧。
- 非得回去不可的時刻總會來到，這才是問題所在。
- 活得快樂需要錢，如果過得不快樂，就沒有繼續活下去的意義。

## 44 為浮遊於城市的孤寂靈魂而寫

作者・吉田修一

# 惡人・吉田修一

虛擬世界，讓寂寞枯萎，滋養罪惡。

一九六八年出生長崎的吉田修一，長崎南高中畢業，遷居東京，就讀法政大學企業管理系。十八歲到東京，感覺自己「既不屬東京，也不屬故鄉」，兩者之間游移的孤獨、鄉愁，成就書寫的動力，以《最後的兒子》獲第八十四回文學界新人賞，從此步入文壇，《最後的兒子》同時入圍第一一七屆芥川賞。後來陸續出版《熱帶魚》、《星期天們》；二〇〇二年以《同棲生活》獲山本周五郎賞，再以《公園生活》獲第一二七屆芥川賞。二〇〇七年，《惡人》將他推向高峰；小說在《朝日新聞》連載獲好評，更獲第六十一回　日出版文化賞、第三十四回大佛次郎賞，暢銷超過二二〇萬冊。

認為自己像個傻瓜一樣樂天的吉田修一，擅長描寫年輕族群在都會生活的心境，貼近真實生活的文字描述引發讀者共鳴，成名作《惡人》，改編由妻夫木聰、深津繪里主演的同名電影，獲第三十四屆日本電影金像獎最佳男主角、女主角、男配角、女配角獎。

熱愛臺灣的吉田修一，一九九〇年之後，來臺旅遊逾四十次，以臺灣高鐵為背景，寫下的長篇小說《路》，交疊出臺灣與日本跨世代情懷。「只要有三、四天空檔，我就會想：『嗯，那去臺灣一下好了。』」他說。

著作：《熱帶魚》、《東京灣景》、《地標》、《長崎亂樂坂》、《7月24日大道》、《再見溪谷》、《春天，相遇在巴尼斯百貨》、《星期天們》、《那片藍天下》、《怒》等。

## 關於《惡人》

擅長描寫年輕人想法與情緒；憧憬與不安的吉田修一，《惡人》延續這一特

▲《惡人》文學地景長崎

**文學地景:**

**九州:**福岡三瀨嶺、佐賀。

**長崎:**福江島大瀨崎燈塔。

▲《惡人》電影海報

▲《惡人》電影場景佐賀車站

▲《惡人》電影畫面

質。清水祐一是在長崎郊區長大的土木工人，從小孤寂伶仃，與祖母相依為命。

某日，一名住在福岡的女保險業社員慘遭殺害、棄屍，長崎警方循線發現，女子在交友網站認識的土木工人涉嫌重大，而祐一正是這起殺人案的嫌犯，他悲傷地對在佐賀男裝店從事銷售，愛慕虛榮、長於謊言的女子，跟妹妹同住公寓的馬入光代感嘆道：「如果我們能早點相遇該有多好。」得知他的祕密後，光代阻止他去自首。生平第一次嘗到愛情滋味的她毫不在意對方是否為殺人犯，她與祐一開始逃亡，兩人來到偏僻的海邊燈塔，共度短暫幸福。

祐一為什麼殺人？光代為什麼如此癡迷愛情？就算知道對方是殺人嫌犯，也不改那份情意。究竟誰才是真正的惡人？寂寞與愛不可分割，祐一太過寂寞，

日文版《惡人》

中文版《惡人》

**中文譯本：**

・《惡人》，王華懋／譯，二〇〇八年十月，麥田出版。

所以抓到一點愛總會奮不顧身墜入。

作家茂呂美耶說：「讀完本書，我很同情書中的兇手。他是惡人嗎？不是，書中沒有任何惡人，有的只是孤寂、孤寂、孤寂。」作家張大春說：「《惡人》是我過去十年以來讀過最好看的小說之一，我甚至讀到哭了出來。」

**經典名句**

- 我不過想要幸福吧了。
- 我想做好人。
- 網路交友讓人更寂寞。
- 你愛我，我迷戀他，我利用你，你懷疑我。

日文版《路》

**延伸閱讀：**

- 《路》：吉田修一／著，劉姿君／譯，聯經出版。
  以興築高鐵為時空背景，串連臺日三個世代情感糾葛的長篇小說，作者說是寫給臺灣的情書。長崎、東京、臺灣三地，他認為，那不只是讓他多了一個能經常往返的地方，還多了一個「在這裡死掉也無所謂」的地方。

45

# 你看不見我的淚

## 流．東山彰良

只因為我活在水中，所以你看不見我的淚。

作者．東山彰良

一九六八年出生臺灣臺北，本名王震緒的東山彰良，父親王孝廉是知名作家。五歲隨父移居日本九州福岡，一九七七年回臺就讀臺北市南門國小，一年後返回福岡定居，迄今仍持有臺灣護照。筆名「東山」取自祖籍山東，「彰」取自母親任教的彰化中學。日本西南學院大學經濟學碩士，中國吉林大學經濟學博士班肄業。不久，進入航空公司工作、擔任外語教師、警察局中文口譯等職，曾撰寫《火影忍者》電影版劇本。

後來以推理小說初試啼聲進入日本文壇，二〇〇二年，《逃亡作法》獲第一

▶ 福岡塔

**文學地景：**

**福岡：**福岡文學館。

▲ 東山彰良成長地福岡，福岡文學館一景

屆「這本推理小說最厲害！」銀賞、讀者賞。二〇〇九年以《路傍》獲第十一屆大藪春彥賞。二〇一三年以《黑色騎士》獲日本國內外戰鬥小說BEST10第一名。隔年又以同作入圍第六十七屆日本推理作家協會賞、「這本推理小說最厲害！」第三名。二〇一五年，以父親成長經歷為背景的小說《流》，摘下日本文壇最高榮譽的直木賞，成為繼邱永漢、陳舜臣，第三位獲獎的臺灣人。二〇一六年再度以《流》入圍書店大賞。二〇一七年，以《我殺的人與殺我的人》獲第三十四屆織田作之助賞，二〇一八年以同部作品獲第六十九屆讀賣文學賞、第三屆渡邊淳一文學賞。

他不僅擁有臺灣、日本雙語背景，還嗜讀歐美文學，致使作品呈現幽默、明

日文版《流》

中文版《流》

**中文譯本：**

・《流》，王蘊潔／譯，二〇一六年六月，圓神出版。

快、充溢異國風情的多重樣貌，顛覆日本文壇既有小說類型，為文學界開啟新潮。作者目前除寫作小說、大學兼課教漢語，週末晚上還去主持廣播節目，談論音樂、閱讀與電影。

## 關於《流》

作家東野圭吾說這本書是：「一部以治安或社會秩序不安定的土地為舞臺的青春小說，好像乘坐在書中登場的火鳥車上飛速前進，充滿動感、破天荒與爽快！對一般老百姓而言，戰爭究竟是什麼？作者也用親身所感提示答案，讓人讚嘆。期待他成為牽引未來大眾文學的明星，娛樂小說界的王貞治！」

小說紀事發展，簡單說，是主角葉秋生尋找殺死祖父兇手的艱辛歷程；繁複說，是綜合歷史、青春、信仰、推理於一氣，超乎一般小說的寫作模式，既有文史報導，又充滿精湛小說的離奇文學性，不時出現方言、髒話，使整部小說，像歷史與人生長河，流淌生命的悲傷與沉重。

魚說：「只因為我活在水中，所以你看不見我的淚。」我們都像是活在水中，流著他人看不見的眼淚……。

事件發生那年，蔣介石過世，他還只是一個年少輕狂，十七歲的高中生；臺灣正處流行穿高貴愛迪達慢跑鞋的時代、女人打麻將不時抱怨物價高漲、男人忍受下班回家還要做家事、年輕人忙著公然談情說愛、本省人和外省人殊死決鬥，一場特權與階級的戰爭。他的祖父就在那個看似一切正要「欣欣向榮」的年代，無端遭人殺害，離奇身亡。

祖父原籍山東，待家人嚴苛，對弟兄義氣，甚至把同袍遺孤當親生孩子扶養。深獲人望的他，莫名其妙慘遭殺害！祖父去世，葉秋生並未痛哭，但死亡疑雲卻像一顆顆小石子，不斷投入心湖，就在命運之神冥冥牽引，他決定親手揭開祖父遭人暗算的謎團。

身處時代洪流的人，看不見彼此的淚水，卻在狂放不羈的葉秋生身上看見與自己覆疊的身影。少年的成長故事，以及穿針引線追查祖父之死的真相，歡笑或淚水間，讓人震驚的謎底已從歷史之河漂流過來。

作家宮部美幸說：「故事尾聲，當主角終於和殺害祖父的犯人對峙時，心中

中文版《我殺的人與殺我的人》

**延伸閱讀：**

·《我殺的人與殺我的人》，東山彰良／著，王蘊潔／譯，尖端出版。
繼榮獲直木賞作品《流》之後，再度以臺灣為背景的小說，描寫四名青少年的友誼，以及面對的沉重世界。本書連獲日本三大文學賞，日本讀者表示，看過本書「彷彿能嗅覺到臺灣街道的氣息」。

浮現的想法是：「如果不流血，那麼究竟能證明什麼？」東山先生一邊寫著自己想寫的小說，一邊透過完成的作品找到自己身為作家的核心思想，真是太了不起了。」

**經典名句**

- 刀子會當保護你，嘛會當傷害你。
- 普通的太保只看到眼前的敵人，富有詩意的太保知道敵人也存在自己心裡。
- 當有人代替自己為一些芝麻小事發怒，我們就可以變得比平時稍微溫和一點。

## 46 一間能回到過去的咖啡店

# 在咖啡冷掉之前・川口俊和

**過去的悔恨、現在的徬徨、未來的嚮往，只到咖啡冷卻為止！**

作者・川口俊和

一九七一年出生大阪茨木市的川口俊和，出身理髮家庭，擅長勞作，高中時代是個不愛唸書、經常蹺課、夢想當漫畫家，讓母親極端失望的人。後來，當過「音速蝸牛劇團」劇作家兼導演。代表作：「情侶」、「黃昏之歌」、「家庭時間」等。小說《在咖啡冷掉之前》，改編自同名舞臺劇，該劇由團體「110 Produce」演出，十分轟動，獲頒第十屆「杉并演劇祭大賞」。

作為舞臺劇創作人，他在看過這部劇後非常感動，決定以小說形式將內容呈現，二〇一六年，寫作出版《在咖啡冷掉之前》，受評「閱讀時會哭四次」的

日文版《在咖啡冷掉之前》

《在咖啡冷掉之前》日文電影版書衣

中文版《在咖啡冷掉之前》

**中文譯本：**

·《在咖啡冷掉之前》，丁世佳／譯，二〇一七年五月，悅知文化出版。

書，榮登二〇一七年「本屋大賞」入圍榜單。

## 關於《在咖啡冷掉之前》

「拜託，請讓我回到那一天！」

「聽說來這裡，就能回到過去，是真的嗎？」

小說描述小街某地下室的一間咖啡店「フニクリフニクラ」（「纜車之行」咖啡店），沒有窗戶，異常昏暗，坐落三座古老大鐘的咖啡店，有著不可思議的傳說，傳言咖啡店有個神祕座位，只要坐上位子，就能回到希望回去，過去的那一刻。客人想要回到過去，不僅需要付出代價，還附帶非常多煩人的規則；而要回到過去的時光，僅限從咖啡倒進杯子開始起算，直到咖啡冷卻為止。

然而，就算能回到過去，無論時間長短，如何掌握美好或不美好的片刻，都無法改變已發生的事，著實有些困窘，不過，事實證明，仍有一群懷抱傷痛的人，甘心冒險，願意坐到那個座位，編織愛或遺憾、幸與不幸的故事。

讀過《在咖啡冷掉之前》，果然如同改編後的電影，讓許多讀者揪心落淚。最初的《在咖啡冷掉之前》，是作者的舞臺劇本，機緣巧合下改寫成小說，分為〈情侶情〉、〈夫婦情〉、〈姊妹情〉、〈母女情〉四個單元，作者表

**經典名句**

- 已經發生的事無法改變。
- 僅僅只是一杯咖啡的時間，內心就會改變。
- 改變心態，就能改變未來。

示：「希望創作出無論哪個年代以及哪個國家的人，看了都能引起共鳴的作品。」

閱讀這樣一本書，好比喝下一杯提神咖啡，竟能揮別那些會讓人後悔、遺憾的過去，提振好好活下去的意志。

日文版《在回憶消失之前》

**延伸閱讀：**

- 《在回憶消失之前》：川口俊和／著，丁世佳／譯，悅知出版。
  雖然改變不了過去，未來也不可知，仍有現在能做的事情，以及想傳達的心意。風格延續《在咖啡冷掉之前》。

▲ 咖啡座

47 翻弄人生的經典名著

# 古書堂事件手帖・三上延

## 我的頭被我腫脹的眼睛抓住了。

作者・三上延

一九七一年出生神奈川縣橫濱市的三上延，十歲移居藤澤市，高中就讀大船高等學校，武藏大學人文學部社會學科畢業，隨即在藤澤市一家二手書籍、唱片行兼職工作，二〇〇二年以電擊文庫《ダーク・バイオレッツ（DARK VIOLETS）》一書正式出道成為作家。二〇一一年，以在古書店打工經驗，陸續發表《古書堂事件手帖》，深受矚目，這套以「解開與舊書有關謎團的書本」的推理作品，使他聲名大噪；二〇一四年以同名作品獲第六十五回、六十七回日本推理作家協會賞。全套《古書堂事件手帖》累積銷量超過六百萬冊。

「舊書背後通常有許多故事，這些故事雖不至於被刻意隱瞞，但大都被遺忘；我以舊書為題材寫作，正是想把這些故事介紹給大家。」他說，有些古典名作，即便日本人也沒讀過，這些都具有寫成故事的價值，「倘若讀者能因《古書堂事件手帖》而開始對經典作品產生興趣，那就更使人振奮了。」

## 關於《古書堂事件手帖》

北鎌倉聚落的不起眼角落，有一家名叫「彼布利亞」古書店，店長篠川栞子生得美麗、端莊，具有深厚的古書籍知識和縝密的推理能力，單憑古書主人留下的蛛絲馬跡，便能窺探陌生人不為人知的過去。某天，患有閱讀障礙的青年五浦大輔請栞子鑒定去世外祖母留下的藏書，從而了解一段鮮為人知的舊事。以此契機，五浦大輔後來成為古書店店員。

排列齊整的古書，相繼上演奇幻事件，本文每篇文章都與一本古書有關，更與懸疑的情節緊密相連，彷彿傳述一段段曲折離奇又饒富趣味的故事。

系列叢書於二〇一一年被書雜誌社選為最佳小說。二〇一二年獲書店大賞第八名，是文庫本首次得到書店大賞的作品。

有趣的是，書中提到引發傳奇因緣的日文、洋文古書籍繁多：

第一冊：夏目漱石《漱石全集·新版》、《漱石全集第八冊：從此以後》、小山清《拾穗·聖安徒生》、今和次郎、吉田謙吉《考現學》、維諾格拉多夫／庫茲明的《邏輯學入門》、梶山季之《背取男爵數奇譚》、太宰治《晚年》。

第二冊：坂口三千代《Cracra日記》、安東尼·伯吉斯《發條橘子》、國枝史郎《完本·蔦葛木曾棧》、福田定一《給上班族的名言隨筆》、司馬遼太郎《豬和薔薇》、足塚不二雄《UTOPIA最後世界大戰》。

第三冊：國王的驢耳朵、羅伯特·富蘭克林·楊《蒲公英女孩》、艾杜瓦德·烏斯賓斯基「有著貍貓、鱷魚和狗，像繪本般的作品」《大耳查布歷險記》、宮澤賢治《春與修羅》。

第四冊：江戶川亂步《孤島之鬼》、《少年探偵團》、《少年探偵，江戶

日文版《古書堂事件手帖》

中文版《古書堂事件手帖》

▲ 鎌倉車站

**中文譯本：**

- 《古書堂事件手帖》，黃薇嬪／譯，二〇一五年六月，臺灣角川出版。

**文學地景：**

**鎌倉：**鎌倉車站、古書間。

▲ 夏目漱石書房多古書

▲ 夏目漱石書房

川亂步全集》全二十三冊、《少年探偵江戶川亂步全集》全四十六冊、《怪人二十面相》、《大金塊》、《押繪與旅行之男》、《人間椅子》、《二枚銅貨》、《江川蘭子》、橫溝正史《代作ざんげ》、安野光雅《旅行繪本》。

第五冊：理察・布勞提根《愛的去向》、彷書月刊、手塚治虫《怪醫黑傑克》、寺山修司《請賜予我五月》。

第六冊：太宰治《跑吧！美樂斯》、《越級申訴》、《晚年》。

第七冊：威廉・莎士比亞《威尼斯商人》、《羅密歐與茱麗葉》、《奧賽羅》、《哈姆雷特》、《李爾王》。

**經典名句**

- 他非常害羞，但只要涉及書籍，就很健談。
- 我被這樣一個女孩吸引，我將在彼布利亞工作。
- 我認為書中有一個故事已經傳承開來。
- 如果有書，我不需要任何其他東西。

## 48 懷念的氣味，依戀的溫度

# 你的名字．新海誠

我已記不得你的名字，卻還記得喜歡你。

作者．新海誠

一九七三年出生長野縣南佐久郡小海町的新海誠，本名新津誠，出身建築世家，父親是創始於一九〇九年的家族建築企業「新津組」社長。高中就讀長野縣野澤北高等學校，大學就讀中央大學文學部國文學科。妻子是演員三坂知繪子、女兒新津知世是童星。

大學畢業，在日本Falcom工作，製作電子遊戲《卡卡布三部曲》、《伊蘇II》等片頭影片。一九九七年，以《遙遠的世界》獲特別賞。翌年，首次使用全3DCG製作三十秒短片《被包圍的世界》，為即將製作的第一部遊戲片頭動畫《MonarchMonarch》練習。二〇〇〇年，以《她與她的貓》獲第十二回CG動畫競賽大賞。二〇〇二年公開第二部作品，二十五分鐘的全數位動畫《星之聲》，導演、劇本、演出、作畫、美術和編輯等作業全由自己總攬，作品水準精湛受到注目。他說：「受村上春樹的小說影響許多。」

二〇〇四年，首部長篇電影《雲之彼端，約定的地方》公開，細膩作業超越前作水準，受到高度評價，獲第五十九回每日電影賞動畫電影賞。

二〇〇五年六月五日，在ＮＨＫ播出的節目《頂尖人物》，稱他為「後宮崎世代旗手」的映像作家。

二〇〇七年，短篇動畫《秒速五公分》公開。次年一月中旬至二月中旬，於約旦安曼、卡達杜哈、敘利亞大馬士革展開以當地創作家為對象的數位動畫製作研討會；研討會結束後，用一年時間在倫敦英語學校學習。

隔年四月返日，開始製作動畫電影《追逐繁星的孩子》，二〇一一年五月公開。隨後被選為「世界で活躍し『日本』を発信する日本人」，獲內閣府國家戰略室擔任大臣古川元久致贈感謝狀。

二〇一三年五月，《言葉之庭》公開上映，二〇一六年八月二十六日，《你的名字》上映，未及一個月放映期，票房突破一百億日圓。上映二十八天破百億票房的紀錄，僅次於宮崎駿《神隱少女》的二十五天；隔年一月二十二日累計總票房兩百三十五億六千萬日圓。被讚譽為「新世代宮崎駿」。

日文版《你的名字》

中文版《你的名字》

**中文譯本：**

・《你的名字》，黃涓芳／譯，二〇一六年十二月，臺灣角川出版。

## 關於《你的名字》

這是在劇本完成、電影製作尾聲執筆的小說，可視為「小說版」、「電影小說化」。原作小說在電影上映前已銷售五十萬冊，上映後的九月二十日達到一百零二萬九千冊，銷售數字十分驚人。

小說敘述家住深山的女高校生宮水三葉，每天過著鬱鬱寡歡的生活。

身為町長的父親熱心參與選舉、神社古老習俗。生活在狹小村莊，莫名在意四周眼光的年紀，她對都會生活懷抱強烈憧憬，「下輩子，請讓我生為東京的帥哥！」她祈禱。

某日，三葉夢見自己變成男高校生。未曾見過的房間、不認識的朋友、繁華的街道與時髦的咖啡廳……，她在夢裡盡情享受渴望已久的都會生活。

另一邊，家住東京的男高校生立花瀧，也做了同樣奇特的夢。夢裡，他是家住深山的女高校生。偶有遺落的記憶與時間，不可思議、不斷持續的夢境……

有一天，三葉和瀧在不同地點，相互察覺，只要睡覺或半夢半醒之際，兩人就

日文版《明天，我要和昨天的妳約會》

**延伸閱讀：**

·《明天，我要和昨天的妳約會》：七月隆文／著，王蘊潔／譯，春天出版。
我像往常一樣搭電車去學校，就這樣毫無預警地在電車墜入情網。我對她一見鍾情。

會互換身分：「我和對方是不是互換靈魂了？」

兩人想盡辦法，在現實世界尋找彼此，沒想到尋人的奇遇並非機緣巧合，突如其來的事件讓一切美好想像有了莫大變化……。三葉在二〇一三年十月四日，彗星隕石撞擊日死亡，二〇一六年十月，立花瀧前往飛驒糸守町三葉的家鄉，能不能見到她，和她再度互換靈魂？……

被奉為年來動畫神作的《你的名字》，獲第四十回日本電影金像賞優秀動畫作品賞、優秀導演賞、優秀劇本賞。電影在臺放映，票房新臺幣兩億五千萬，創臺灣影史日片票房第一名新紀錄。

**經典名句**

- 當我們相遇，一定能一眼認出彼此。
- 無論妳在世界哪個角落，我都一定會去見妳。
- 這樣，我還是不知道你的名字啊！
- 哭過之後仰望的天空，十分澄澈。

49

## 那都是我活過的證明

# 如果這世界貓消失了・川村元氣

活著很重要，但更重要的是，如何活著！

作者・川村元氣

一九七九年出生橫濱市的川村元氣，上智大學文學部畢業，後來進入東寶電影公司，擔任電影《電車男》企畫；之後，經由他企畫、製作的多部電影，都成為票房強片：《告白》、《惡人》、《草食男之桃花期》、《宇宙兄弟》、《狼的孩子雨和雪》等。

二〇一二年，被美國《好萊塢報導》選為雜誌評選為二〇一〇年亞洲新一代人物（Next Generation Asia）；二〇一一年，獲頒專為日本電影製作人設置的「藤本賞」，成為史上最年輕得獎人；二〇一二年寫作出版首部小說《如果這世界貓消失了》，入圍二〇一三年本屋大賞；二〇一六年，原著改編電影，佐藤健、宮崎葵主演。小說文本總計發行超過七十萬冊，名列電影製作人、小說家。

著有：《億男》、《大師熱愛的工作》、《原來理科人這樣想》、《四月，她將到來》。

## 關於《如果這世界貓消失了》

描述一位三十歲，從事郵差工作的男子，母親過世後，獨自與母親生前撿獲回來，名叫「高麗菜」的棄貓相依為命。某日，他前往醫院身體檢查，被醫生診斷罹患惡性腫瘤絕症，只剩三個月性命。男子深受打擊，回家後的生活如同行屍走肉，了無生氣。一天，一個長相跟他同一模樣，打扮花俏誇張，自稱「惡魔」的人出現面前，向男子表示，只要他讓身邊重要的東西，消失一件，就能多活一天。

聽起來很不錯的交易！世上沒必要存在的東西太多，無聊的廣告面紙、說明

▲《如果這世界貓消失了》電影海報

▲《如果這世界貓消失了》男主角佐藤健

日文版《如果這世界貓消失了》

中文版《如果這世界貓消失了》

**中文譯本：**

・《如果這世界貓消失了》，王蘊潔／譯，二〇一四年十一月，春天出版。

書、看過的雜誌、政客、仇人、暴力傾向的人……不勝枚舉。但事情不如想像中簡單；首先，魔鬼讓電話消失，接著電影、時鐘……啊，每部電影都是一段美好過去，失去電影，所有珍貴回憶形同消失，如何是好？

就在他讓心愛的東西一件件消失之後，「惡魔」竟然對他提出要讓相依為命的貓消失的要求，男子陷入困境。

一旦愛貓消失，他的世界會得到什麼？又將失去什麼？如果放棄選擇，讓自己消失，這世界又會改變什麼？在我跟世界道別前，誰會是我最想見的人？

經歷如果讓摯愛消失，就可多活一天的驚詫生活，結果是美好的回憶從眼前

日文版《億男》

**延伸閱讀：**

・《億男》：川村元氣／著，王蘊潔／譯，春天出版。
敘述平凡的圖書館員被弟弟拖累扛下巨額債務；愁雲慘霧的日子突然翻盤中頭彩，一夕暴富。他卻在網路發現其他中獎者的悽慘遭遇，擔心自己難逃厄運，不知如何處置這筆鉅款。

不斷消逝。

作家角田光代說：「雖然是一本小說，卻讓我覺得是一本哲學書。為什麼我們在看電影時會興奮？為什麼我們看到繪畫會流淚？這本小說似乎告訴我們其中的答案。」演員中谷美紀說：「看完之後，很想立刻去見生命中重要的人。」

## 經典名句

- 人類總是從自己選擇的人生，望著無法選擇的另一種人生。
- 時間不是從過去流向未來，而是從未來流向現在。
- 至今為止的人生，是過去直到現在，向無限的未來前進。
- 當被告知未來有限後，就會感到未來正向自己逼近。
- 請你在未來的人生路上，記住自己的優點。

50
一本挽救日本閱讀風氣的小說！

# 火花．又吉直樹

即使火花只在瞬間綻放，也要為夢想而燃燒。

作者．又吉直樹

一九八〇年出生大阪寢屋川市的又吉直樹，琉球族，父親沖繩名護市人，母親奄美人，中學就讀寢屋川市第五中學校，關西大學北陽高等學校畢業。喜歡散步、閱讀，最愛太宰治、芥川龍之介、古井由吉、京極夏彥、中村文則等作家的作品。主持過「太宰治之夜」、「松尾芭蕉之夜」活動。

蓄一頭粗糙鬈曲長髮，臉色蒼白，偶爾露出一抹淺淺詭異微笑，被同行藝人嘲弄「不要看起來那麼噁心！」的又吉直樹，是著名搞笑藝人，常出現綜藝節目《男女糾察隊》，製造意外笑料，扮演妖怪等奇異人物讓自己和搭擋出醜，

▲ 熱海車站

▲ 熱海海岸

**文學地景:**
**靜岡:**熱海、花火大會。

▲ 《火花》電影海報

▲ 花火大會

人們戲稱「幽靈」。

他擅長「漫才」表演。漫才，大都由兩人組合演出，一人專司滑稽角色負責裝傻，另一人擔任嚴肅角色負責找碴，藉此互動，透過誤會、雙關語、諧音，說起笑話，類似中國的相聲。是從日本傳統藝能表演「萬歲」發展出來的喜劇。二〇一五年，又吉直樹榮膺第一五三回芥川賞的作品《火花》，主要背景舞臺即以漫才生涯為題的小說。

他是第一位以小說榮獲文學大賞的漫才師、搞笑藝人、作家，吉本興業東京本社成員之一。

## 關於《火花》

《聯合文學》雜誌編輯果明珠在〈以陰鬱笑果，綻放燦爛花火──專訪又吉直樹《火花》〉訪問稿寫道：「《火花》描寫一位十八歲被經紀公司發掘、投入漫才表演的年輕人德永，儘管已經是漫才師，仍必須到便利商店打工維生，和搭擋在公園裡想段子，沒有任何資源，也沒有前輩可以請教，直到一次讓他尷尬的煙火晚會暖場表演時，認識了大他四歲的前輩神谷。神谷就像個不被任何禮教和規則束縛的典型漫才人物，在生活中實踐『完全是個怪人』的漫才精神。很快的，神谷為德永帶來強烈的影響，成為德永崇拜的對象與師傅。從那一場相遇開始，這本書寫出了跨越十年的故事，細膩描繪被日常生活碾出的笑果、被踩踏後的青春和理想的殘渣，而亟欲出人頭地的夢想，也把一個年輕人消耗成大叔。」

又說：「《火花》雖以製造笑料的漫才師為題，卻不把焦點放在臺上的趣味和嬉鬧，而是傾力摹寫那為了瞬間燦爛而努力燃燒的生命，以及臺下未經排練的日常。當然書中仍有許多對話段子令人會心一笑，但更多的是被失敗堆砌起來的人生，比如相聲大賽落選的時刻、被觀眾比中指的瞬間，還有每天苦練收入卻依然掛零的漫長等待。在漫才世界，觀眾真的那麼重要？表演不被觀眾喜愛就是失敗嗎？又吉直樹說：『我想，如果連續十次感受到觀眾反應不如預期的話，我應該會放棄漫才吧，因為我就無法靠漫才養活自己了。』當你不被認同，不能養活自己，又只能憑理想持續這份工作，那可是會被『置身群眾之中的疏離感』給沖垮的。」

漫才師又吉直樹以《火花》獲「芥川賞」，驚動日本社會，直至二〇一七年二月，這本書累計總銷量，單行本二五三萬冊、文庫本三十萬冊，稱「史上最暢銷的芥川賞作品」，同時帶動刊載《火花》全文以及當屆「芥川賞」選評內容，菊池寬創辦的「文藝春秋社」所屬文藝雜誌《文學界》的銷售量，一刷再刷，超過一一〇萬冊，是該雜誌有史以來第二高的銷售成績。得獎作品出版的二〇一五年，該書被拍成電視劇；二〇一八年拍成電影，菅田將暉、桐谷健太、木村文乃主演。

日文版《火花》

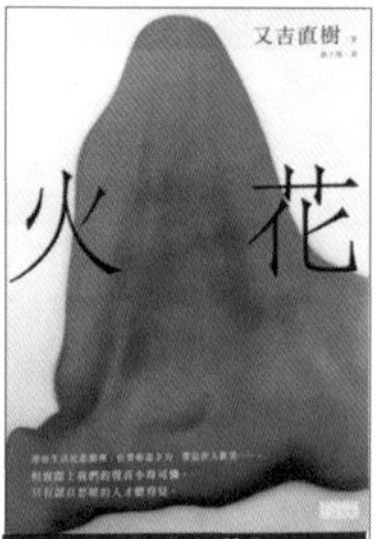

中文版《火花》

**中文譯本：**

・《火花》，劉子倩／譯，二〇一六年六月，三采出版。

日本媒體宣稱，一本小說，讓逐漸不愛看書的日本人，願意回頭閱讀。這本書的出版，不僅帶來一百億日幣的經濟效益，更挽救了日本日漸式微的讀書風氣！書名《火花》入圍二〇一五年流行語大賞，電子書下載量高達十三萬次以上，成為年度焦點書籍，讀者說：「這是一本極少數會讓人想再看第二遍的書！」

作者說：「活著，本身就是件累人的事，希望這本書能成為對生活感到疲倦時的救贖。」

**經典名句**

- 僅此一次的寶貴人生，向或許會完全沒有結果的事情挑戰，很可怕吧？
- 透過這耗費漫長時光的莽撞挑戰，我認為已經得到真正的人生。
- 即使生活在悲劇裡，也要卯盡全力，帶給世人歡笑。

【附錄二】

# 一生必讀的50本日本文學名著（II）作家出生年表

大伴家持　七一八・高岡京
和泉式部　九七八・越前國
松尾芭蕉　一六四四・三重縣
森鷗外　一八六二・島根縣
夏目漱石　一八六八・東京都
泉鏡花　一八七三・金澤市
谷崎潤一郎　一八八六・東京都
芥川龍之介　一八九二・東京都
大佛次郎　一八九七・橫濱市
川端康成　一八九九・大阪府
林芙美子　一九〇四・下關市

▲ 川端康成小時住茨木最愛溜搭的書店，至今仍設有川端作品專櫃。

井上靖　一九〇七・旭川市
小西甚一　一九一五・三重縣
水上勉　一九一九・福井縣
司馬遼太郎　一九二三・大阪府
遠藤周作　一九二三・東京都
山崎豐子　一九二四・大阪府
三島由紀夫　一九二五・東京都
手塚治虫　一九二八・大阪府
向田邦子　一九二九・東京都
妹尾河童　一九三〇・神戸市
黑柳徹子　一九三三・東京都
谷口治郎　一九四七・鳥取縣
關川夏央　一九四九・新潟縣
村上春樹　一九四九・京都府

島田洋七　一九五〇・廣島縣
東野圭吾　一九五八・大阪府
伊藤潤二　一九六三・岐阜縣
安倍夜郎　一九六三・高知縣
江國香織　一九六四・東京都
吉本芭娜娜　一九六四・東京都
吉田修一　一九六八・長崎市
東山彰良　一九六八・臺灣臺北／日本福岡
川口俊和　一九七一・大阪府
三上延　一九七一・橫濱市
新海誠　一九七三・長野縣
川村元氣　一九七九・橫濱市
又吉直樹　一九八〇・大阪府

# 【附錄二】一生必讀的50本日本文學名著（I）目次



▼越後湯澤「高半旅館」內的川端康成記念館一隅

亂髮・與謝野晶子

金色夜叉・尾崎紅葉

奧之細道・松尾芭蕉

好色一代男・井原西鶴

徒然草・吉田兼好

高瀨舟・森鷗外

山椒大夫・森鷗外

東京散策記・永井荷風

羅生門・芥川龍之介

一握之砂・石川啄木

宮本武藏・吉川英治

暗夜行路・志賀直哉

雪國・川端康成

銀河鐵道之夜・宮澤賢治

春琴抄・谷崎潤一郎

砂之器・松本清張

飼育・大江健三郎

金閣寺・三島由紀夫

風林火山・井上靖

潮騷・三島由紀夫

聽風的歌・村上春樹

接近無限透明的藍・村上龍

沉默・遠藤周作

冰點・三浦綾子

龍馬行・司馬遼太郎

解憂雜貨店・東野圭吾

▼ 伊豆現代文學博物館一景

一生必讀的50本日本文學名著 2

魅惑青春篇

作　　者／陳銘磻
美術編輯／方麗卿
企畫選書人／賈俊國

總 編 輯／賈俊國
副總編輯／蘇士尹
編　　輯／高懿萩
行銷企畫／張莉滎・蕭羽猜

發 行 人／何飛鵬
法律顧問／元禾法律事務所王子文律師
出　　版／布克文化出版事業部
　　臺北市中山區民生東路二段141號8樓
　　電話：(02)2500-7008　傳真：(02)2502-7676
　　Email：sbooker.service@cite.com.tw
發　　行／英屬蓋曼群島商家庭傳媒股份有限公司城邦分公司
　　臺北市中山區民生東路二段141號2樓
　　書虫客服服務專線：(02)2500-7718；2500-7719
　　24小時傳真專線：(02)2500-1990；2500-1991
　　劃撥帳號：19863813；戶名：書虫股份有限公司
　　讀者服務信箱：service@readingclub.com.tw
香港發行所／城邦（香港）出版集團有限公司
　　香港灣仔駱克道193號東超商業中心1樓
　　電話：+852-2508-6231　傳真：+852-2578-9337
　　Email：hkcite@biznetvigator.com
馬新發行所／城邦（馬新）出版集團 Cité (M) Sdn. Bhd.
　　41, Jalan Radin Anum, Bandar Baru Sri Petaling,
　　57000 Kuala Lumpur, Malaysia
　　電話：+603- 9057-8822　傳真：+603- 9057-6622
　　Email：cite@cite.com.my
印　　刷／韋懋實業有限公司
初　　版／2020年01月
售　　價／420元

城邦讀書花園 www.cite.com.tw　布克文化